Giardino delle erbe aromatiche
Ufficio del Rettore
Torre del Nord
Mensa
Aula Magna
TopFord
Scalinata delle carte geografiche
TOPFORD

Benvenuti
nel mondo delle

Questo libro appartiene a:

ELISA

Ciao, io sono Tea!

Sì, proprio Tea Stilton, la sorella di *Geronimo Stilton!* Sono inviata speciale dell'**Eco del Roditore**, il giornale più famoso dell'Isola dei Topi. Amo i viaggi e l'avventura e mi piace conoscere persone di tutto il mondo!

Proprio a Topford, il College dove mi sono laureata e dove sono stata invitata a insegnare, ho incontrato cinque ragazze davvero speciali: Colette, Nicky, Pamela, Paulina e Violet. Tra di loro è nata subito una vera amicizia. E si sono così affezionate a me che hanno deciso di chiamare il loro gruppo con il mio nome: Tea Sisters (in inglese significa 'le sorelle Tea')! Per me è stata un'emozione grandissima. E alla fine ho deciso di raccontare le loro avventure. Le stratopiche avventure delle...

TEA SISTERS!

Nicky

Nome: Nicky
Soprannome: Nic
Provenienza: Oceania (Australia)
Sogno nel cassetto: Occuparsi di ecologia!
Passioni: Gli spazi aperti e la natura!
Qualità: È sempre di buon umore... basta che stia all'aria aperta!
Difetti: Non riesce a stare mai ferma!
Segreto: Soffre di claustrofobia, non sopporta gli spazi chiusi!

Colette

Nome: Colette

Soprannome: Cocò

Provenienza: Europa (Francia)

Sogno nel cassetto: È molto attenta al look. Infatti il suo sogno è diventare una giornalista di moda!

Passioni: Ha una vera passione per il colore rosa!

Qualità: È molto intraprendente e le piace aiutare gli altri!

Difetti: È sempre in ritardo!

Segreto: Per rilassarsi le basta farsi uno shampoo e una messa in piega, oppure una manicure!

Violet

Nome: Violet

Soprannome: Vivì

Provenienza: Asia (Cina)

Violet

Sogno nel cassetto: Diventare una grande violinista!

Passioni: Studiare! È una vera intellettuale!

Qualità: È molto precisa e le piace conoscere sempre cose nuove!

Difetti: È un po' permalosa e non sopporta di essere presa in giro! Se non dorme abbastanza, non riesce più a concentrarsi!

Segreto: Si rilassa ascoltando musica classica e bevendo tè verde aromatizzato alla frutta!

Paulina

Nome: Paulina
Soprannome: Pilla
Provenienza: America del Sud (Perú)
Sogno nel cassetto: Diventare scienziata!
Passioni: Le piace viaggiare e conoscere gente di tutto il mondo. È legatissima alla sorellina Maria.
Qualità: È molto altruista!
Difetti: È un po' timida... E un po' pasticciona.
Segreto: Per lei il computer non ha segreti! Spesso riesce a risolvere casi complicatissimi trovando mille informazioni su Internet!

Pamela

Nome: Pamela

Soprannome: Pam

Provenienza: Africa (Tanzania)

Sogno nel cassetto: Diventare giornalista sportiva o meccanico di auto!

Passioni: Pizza, pizza e ancora pizza! La mangerebbe anche a colazione!

Qualità: Anche se ha modi un po' sbrigativi, è la pacifista del gruppo! Infatti non sopporta litigi e discussioni!

Difetti: È molto impulsiva!

Segreto: Datele un cacciavite e una chiave inglese e qualsiasi problema meccanico è risolto!

VUOI ESSERE UNA TEA SISTER?

SÌ

ELISA

SCRIVI QUI IL TUO NOME!

Nome: ELISA

Soprannome: ELI

Provenienza: SEREGNO (MILANO)

Sogno nel cassetto: ESSERE UNA MAESTRA DI CAVALLI. E AVERE UN CANE

Passioni: ANDARE A CAVALLO

Qualità: SONO UN PÒ SPORTIVA

Difetti: ~~SONO~~ ~~ESSERE~~ ~~UN/SONO~~ SONO UN PÒ SCORTESE

Segreto: DIVENTARE UNA VETERERINARIA DI ANIMALI

INCOLLA QUI LA TUA FOTO!

Testi di Tea Stilton.
Coordinamento di Piccolo Tao.

Editing di Red Whale di Katja Centomo e Francesco Artibani.
Direzione editing di Katja Centomo.
Coordinamento editing di Flavia Barelli, Mariantonia Cambareri *e* Rosa Saviano.
Supervisione testi di Vincenzo Perrone *e* Caterina Mognato.
Soggetto di Francesco Artibani.
Supervisione disegni di Fenny Lioniwati.
Disegni di riferimento di Manuela Razzi.
Illustratori: Massimo Asaro, Lucia Balletti, Alessandro Battan, Fabio Bono, Jacopo Brandi, Sergio Cabella, Barbara Di Muzio, Giorgio Di Vita, Marco Failla, Paolo Ferrante, Claudia Forcelloni, Danilo Loizedda, Giada Perissinotto, Manuela Razzi, Federica Salfo *e* Luca Usai.
Coloristi: Cinzia Antonielli, Giulia Basile, Fabio Bonechi, Alessandra Dottori, Ketty Formaggio, Daniela Geremia, Donatella Melchionno *e* Micaela Tangorra.
Grafica di Merenguita Gingermouse *e* Superpao.
Con la collaborazione di Michela Battaglin.

www.geronimostilton.com

I Edizione 2006

15033 Casale Monferrato (AL) - Via Galeotto del Carretto, 10
Tel. 0142-3361 - Telefax 0142-74223

Stampa: Mondadori Printing S.p.A. - Stabilimento AGT

Tea Stilton

LA MONTAGNA PARLANTE

PIEMME
Junior

Ciao amici!

VOLETE AIUTARE ANCHE VOI LE TEA SISTERS A RISOLVERE IL MISTERO DELLA MONTAGNA PARLANTE? NON È DIFFICILE, BASTA SEGUIRE TUTTE LE INDICAZIONI!

QUANDO VEDRETE QUESTA LENTE FATE ATTENZIONE: SIGNIFICA CHE IN QUELLA PAGINA CI SARÀ UN INDIZIO IMPORTANTE.

OGNI TANTO FAREMO IL PUNTO DELLA SITUAZIONE, IN MODO DA NON DIMENTICARE NULLA.
ALLORA, SIETE PRONTI?
IL MISTERO VI ASPETTA!

LIBRI DA LEGGERE E LIBRI DA SCRIVERE!

Quella sera avevo un gran desiderio di starmene tranquilla in casa.

– Ho proprio voglia di leggere un bel libro! – dissi tra me.

Perciò, cominciai a scorrere i titoli della mia libreria: 'Alla ricerca del gorgonzola perduto', già letto!

'FORMAGGINI TEMPESTOSI', letto e riletto!

'L'Isola dello Stracchino', letto, riletto e persino straletto!

Decisi quindi di uscire per comperarmi un

TEA STILTON

libro nuovo, quando il campanello si mise a squillare con decisione.

Plin-plon! Plin-plon! Plin-plon!

Al di là della porta udii una voce stridula:

– Quanto tempo devo aspettare, eh? C'è qualcuno in casa? Se c'è qualcuno, aprite! Se non c'è nessuno, DITELO! DITELO! DITELO!

– Porfirio! – esclamai felice, spalancando subito la porta.

Una voce così non poteva appartenere che a quel simpatico brontolone di **Porfirio Tracagnotti**, il postino di **TOPFORD!**

Il mio amato College di Topford, sull'Isola delle Balene, dove mi sono laureata e dove ho trascorso tanti momenti felici.

Porfirio era venuto fino a Topazia per consegnarmi un pacchetto giallo chiuso con un *fiocco* rosa.

Sul pacchetto c'era scritto:

Alla nostra carissima amica e insegnante
Tea Stilton

E di seguito cinque firme ben note:
Colette, Nicky, Pamela, PAULINA, Violet.
Che bella sorpresa!
Era un pacchetto delle **TEA SISTERS**, le mie allieve predilette: cinque ragazze in gambissima, che ho conosciuto proprio a Topford. Lì ho tenuto un corso di giornalismo avventuroso e loro hanno superato l'esame a pieni voti!
Salutai Porfirio che aveva fretta di tornarsene a casa e mi precipitai ad aprire il pacchetto.

All'interno trovai un bellissimo **maglione** di lana

e una LUUUUUUUUUUUUUNGA lettera.
Indossai il maglione...
Caspita, mi stava a pennello! E quanto era morbido!
Così, avvolta in quel caldo *abbraccio*, mi accoccolai sul divano e cominciai a leggere la *lettera* che mi avevano inviato le Tea Sisters.
A metà della seconda pagina sapevo già come avrei proseguito la serata... perché avevo trovato un libro **da scrivere!**
Sicuro! Un libro sulla nuova, incredibile avventura delle Tea Sisters!
Il titolo lo immaginate già, vero?
Sì, è proprio questo:

LA MONTAGNA PARLANTE!

Pamela
Nicky
Colette
Violet
PAULINA
Le mie amiche Tea Sisters!

Una telefonata dall'Australia

Tutto cominciò con una telefonata per Nicky dall'Australia!

All'altro capo del telefono c'era NAYA*, la sua tata aborigena:

– Nicky, non volevo disturbarti! So che devi studiare... però i tuoi genitori sono in Europa e io non riesco a trovarli!

NAYA

A Nicky si DRIZZARONO le antenne, allarmata. Il tono di voce, più che le parole della cara vecchia tata, faceva intendere che era accaduto qualcosa di grave.

– Naya cara, raccontami tutto! – la sollecitò, sforzandosi di restare calma.

* 'Naya', in lingua aborigena, significa 'Tata'

Dopo un lungo sospiro, Naya si decise a spiegare: – Qui alla fattoria succedono cose strane! Le pecore del recinto centrale sono malate. La lana cade a fiocchi e vola via, come schiuma portata dal vento!

Un brivido corse lungo la schiena di Nicky. Non aveva bisogno di sentire altro.

– Prepara la mia stanza, Naya cara. Corro ad aiutarti!

Mentre riempiva lo zaino, Nicky spiegò ogni cosa alle sue amiche.

Paulina, Violet, Pamela e Colette cercarono di convincerla a non essere **PRECIPITOSA**.

GLI ABORIGENI AUSTRALIANI

Gli aborigeni sono la popolazione originaria del continente australiano; vivono in Australia da 40.000 anni! Si può proprio dire che ne conoscono anche i sassi! Infatti, per attraversare foreste e deserti, gli aborigeni non usano carte geografiche o mappe, ma antichissime canzoni che descrivono il paesaggio, passo dopo passo. Per questo, le 'strade' degli aborigeni, vengono chiamate 'vie dei canti'. Gli anziani delle tribù che insegnano le 'vie dei canti' ai bambini si chiamano 'trakker'.

Ma quando si resero conto che Nicky era decisissima a partire, non persero altro tempo in *chiacchiere*. Sapevano esattamente che cos'era giusto fare.
Erano amiche!

Anzi: più che amiche, **sorelle**!

– VERREMO CON TE! – disse PAULINA.

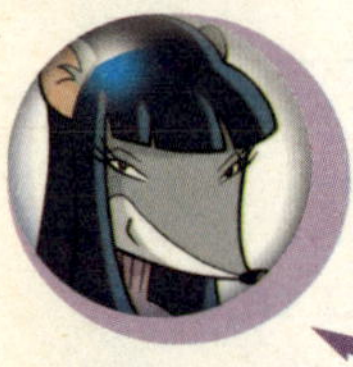

– Sì! È escluso che tu parta da sola! – approvò Violet.

– Da quando in qua una Tea Sister va in giro senza le sue compagne? – aggiunse Pamela, facendo l'occhiolino.

– *Allora è deciso!* – concluse *Colette*. – *Facciamo i bagagli e andiamo!*

Nicky aveva i **lucciconi** agli occhi. Che amiche meravigliose aveva trovato lì a Topford!
Le abbracciò **forte forte** una per una, incapace di esprimere a parole quello che sentiva nel cuore.
Quindi, andarono tutte insieme dal *Rettore* di Topford, per chiedergli il permesso di lasciare l'*Isola delle Balene.*

Si parte!

Vi ho già parlato di *Ottavio Enciclopedico de Topis,* il Rettore di **TOPFORD?**
È un tipo, *anzi un topo*, dall'aria burbera. In realtà ha un cuore d'oro. Infatti è sempre pronto ad aiutare i suoi studenti.
Una volta ascoltate le **TEA SISTERS**, il Rettore infilò una zampa nel panciotto (lo fa sempre, quando deve prendere una decisione **IMPORTANTE**):
– Mie care ragazze, sapete bene che non è consentito lasciare il College durante i corsi. Ovviamente, capita di fare delle *eccezioni,*

come in questo caso! Vista la gravità della situazione vi concedo il permesso di partire. PERÒ, PERÒ, PERÒ... al ritorno dovrete sostenere gli esami come tutti gli altri. Dunque, ricordatevi di *studiare!*

Le cinque ragazze andarono nelle loro stanze e prepararono i bagagli. L'indomani, il giorno della **partenza**, al porto c'era tantissima gente. C'erano il Rettore, gli insegnanti, gli studenti del College e perfino molti abitanti dell'Isola!

Tutti volevano salutare le Tea Sisters!

Mentre il battello salpava, i fratelli Tracagnotti intonarono *Il canto del felice ritorno*:

È giunta l'ora, sia bello il vostro viaggio,
ricco di sorrisi e di formaggio!
E ancora più felice sia il ritorno,
vi aspetteremo di notte e anche di giorno.
E vi offriremo biscotti e salatini.
Ma non dimenticate di portarci i regalini!

TOPINA

MANCA MOLTO? QUANDO SI ARRIVA?

Le Tea Sisters raggiunsero in nave Portosorcio, sull'Isola dei Topi. Da lì proseguirono in aereo fino in Australia.

PRATICAMENTE DALL'ALTRA PARTE DEL MONDO!

Pamela, emozionatissima, chiedeva in continuazione a Paulina e Violet, che erano sedute vicino a lei: – **Manca molto? Quando si arriva?**

Poi si affacciava nella cabina del pilota: – **Manca molto? Quando si arriva?** Poi interrogava gli altri passeggeri, uno a uno: – **Manca molto? Quando si arriva?** Se si fosse lanciata fuori con un paracadute, l'avrebbe chiesto anche a qualche gabbiano di passaggio! Quando atterrarono a Sydney, la città più grande del sud-est dell'Australia, erano tutti con i nervi a pezzi. L'unica sorridente era proprio Pamela, che esclamò: – **FINALMENTE!** Non ne potevo più!
– NEANCHE NOI!!! – urlarono in coro i passeggeri (e anche il pilota).

SOLO 400 CHILOMETRI!

Ma il viaggio non era ancora finito! All'aeroporto c'era **QUALCUNO** ad attenderle. *Nicky* sventolò il cappello in direzione di un bel tipo di topo in pantaloni e giubbetto di jeans. Il tipo (cioè il *topo*), se ne stava appoggiato a un piccolo camper decorato con

grandi fiori gialli, bianchi e arancioni. Colette non credeva ai propri occhi!

– WOW! Per tutti i rossetti! Sembra fatto apposta per me!

Parlava del camper, naturalmente, non del topo!

Nicky fece le presentazioni: – Ragazze, lui è Billy, il nipote di Naya, la mia tata. Billy ci porterà fino alla fattoria!

Dopo un'ora di viaggio, furono Violet e Paulina a domandare: – **Manca molto? Quando si arriva?**

Billy rispose con un gran sorriso: – Tranquille! Sono *solo* 400 chilometri... più o meno.

Colette sbiancò: – Come sarebbe a dire **SOLO** 400 chilometri?

Billy indicò l'orizzonte.

– Sapete, l'Australia è un paese immenso! In Australia, tutto è relativo!

L'AUSTRALIA

__Capitale:__ Canberra
__Superficie:__ 7.692.024 chilometri quadrati.
__Abitanti:__ 19.500.000 (aborigeni 160.000).
__Abitanti per chilometro quadrato:__ 2,4.
__Lingua ufficiale:__ inglese.

Le prime testimonianze della presenza umana in Australia risalgono a 40.000 anni fa.
Il primo europeo a sbarcare in Australia, sulla costa ovest, fu il francese De Gonneville (nel 1503); la costa orientale fu esplorata solo molto più tardi dall'esploratore inglese James Cook, che ne prese possesso in nome del re d'Inghilterra (nel 1770).

Nel 1901 l'Australia diventò una Federazione indipendente nell'ambito del Commonwealth (l'associazione che raggruppa le nazioni che facevano parte dell'Impero Inglese); ancora oggi è la regina di Inghilterra a essere considerata Capo dello Stato.

Finalmente a casa!

Le Tea Sisters viaggiarono per tutta la notte, attraversando MONTAGNE e vallate, infine sbucarono in una prateria che sembrava infinita.

Che posto MAGICO!

La luna era alta nel cielo. L'erba scintillava di rugiada, a perdita d'occhio. In lontananza, dietro enormi recinti, si vedevano delle MACCHIE BIANCHE. Sembravano cespugli candidi ma in realtà era un immenso gregge addormentato di pecore di razza *merino*,

tra le migliori al mondo per produrre la lana. Nicky e Billy si alternavano alla guida. Violet, Paulina, Pamela e Colette un po' dormivano e un po' facevano a turno per tenere loro compagnia.

Per le Tea Sisters era bellissimo chiacchierare tra amici al chiar di LUNA!

Nicky si informò sulla situazione alla fattoria.

– Vedrai con i tuoi occhi! – rispose Billy, RABBUIANDOSI.

Il viaggio si concluse alle prime luci dell'alba.

– Casa! – esclamò Nicky, indicando alle amiche una bella villa in lontananza.

8
2
4
5
6

IL RANCH DI NICKY

1 Recinto centrale (qui è dove è raccolto il gregge).

2 La casa di Nicky.

3 Stalle (qui dormono i cavalli. In un angolo speciale c'è Stella, la cavalla preferita di Nicky).

4 Garage per mezzi agricoli (qui sono parcheggiate le macchine impiegate nel lavoro dei campi).

5 La Vecchia Lumaca (è il trattore più 'antico' di tutto il ranch).

6 Silos per i mangimi (in questi silos viene conservato il mangime per gli animali).

7 Recinto dei cavalli.

8 Generatore eolico.

9 Pascoli (queste sono le terre dove mangia il gregge).

– Quello è il posto dove sono nata!

Le brillavano gli occhi per la GIOIA!

Mentre le sue amiche scaricavano i bagagli, Pamela, l'unica ancora addormentata, socchiuse gli occhi e arricciò il naso.

La brezza mattutina le portava un profumino davvero delizioso.

Roba da leccarsi i baffi!

Pamela sussurrò: – Se questo è un sogno, non svegliatemi!

Fece per richiudere gli occhi, ma... BONNNNG!!!

Un rumore tremendo la fece balzare in piedi.

Naya, la tata di Nicky, se ne stava sulla porta della fattoria e picchiava con un mestolo di ferro su una padella!

BONG! BONG! BONG!

– Forza ragazze! Muovete la coda! Vi ho preparato formaggini di pecora alla brace! Non vorrete farli raffreddare, **VEROOOO?**

Dopo le presentazioni con Naya, le affamate **TEA SISTERS** e Billy si tuffarono su quelle leccornie fumanti. Che fame felina!

Si scottarono le dita, il naso e perfino la punta dei baffi! Solo Nicky si trattenne.

– Naya cara! – disse Nicky.

– Piccola mia! – sospirò Naya.

Si abbracciarono

forte, fortissimo, fortissimissimo.

LE FATTORIE AUSTRALIANE

In Australia tutto è immenso, anche le fattorie.

Pensate che la fattoria più grande ospita un allevamento di bovini (mucche, vitelli e tori), grande quanto l'Albania (circa 31.000 chilometri quadrati)!

Per chi vive in questi territori sterminati, il mezzo di trasporto più comune è l'aereo: lo usano anche per fare visita ai vicini! I bambini che vivono nelle fattorie più isolate, non possono andare a scuola, perciò fanno lezione via radio e spediscono i compiti per posta!

Poi, trattenendo a stento le lacrime, la tata disse: – Basta così! Ora fila a mangiare anche tu con le tue amiche! Più tardi ti porterò a vedere le pecore!
Nicky l'abbracciò di nuovo, felice di ritrovare quella stretta forte e affettuosa, che tante volte l'aveva rassicurata da bambina.
Nella lingua aborigena NAYA significa 'tata' e la sua Naya l'aveva vista nascere, l'aveva aiutata a crescere ed era sempre stata presente quando lei ne aveva avuto bisogno.

Una strana malattia

Dopo che tutti ebbero mangiato a sazietà, Naya accompagnò Nicky e Paulina nel recinto centrale della fattoria.

Le pecore malate si trovavano tutte lì. Per fortuna non erano dimagrite e non avevano perso l'appetito.

– Questo è un buon segno. – disse Paulina, cercando di rincuorare l'amica.

Però le pecore sembravano stanche e la lana cadeva a ciocche, punteggiando di bianco il verde della prateria.

Nicky era preoccupata.

– *Per tutte le tasche dei marsupiali!* Tra meno di un mese c'è la **Grande Tosatura!** Non ci sarà lana da vendere!

Paulina oltrepassò lo steccato, si infilò i guanti di plastica e raccolse campioni di terra e ciuffi d'erba da analizzare.

– La Grande Tosatura? – domandò CURIOSA.

– Queste sono pecore da lana. – spiegò Nicky, indicando il gregge. – Ogni anno, alla fine della stagione **fredda**, vengono *tosate*. Si rasa tutta la pelliccia, poi la lana viene venduta alle industrie che fabbricano maglioni, abiti, coperte e tante altre cose.

PAULINA si avvicinò alle pecore.

– Poverine! Ma questa tosatura non fa male, vero?

– Certo che no! – la rassicurò Nicky. – Però bisogna farla bene, con *delicatezza*.

Le pecore di Nicky di solito sono mansuete, mentre ora sono nervose e diffidenti. Che cosa può essere successo?

Paulina avrebbe voluto accarezzarle, ma più si avvicinava, più le pecore diventavano nervose. Battevano il suolo con gli zoccoli e si **stringevano** l'una all'altra.

Paulina parlava loro con dolcezza, cercando di rassicurarle: – Buone, piccoline!

Ma quelle si innervosivano ancora di più.

– Si comportano così perché non mi conoscono? – chiese preoccupata.

Nicky scosse la testa, corrugando pensierosa la fronte: – Non è normale! Di solito sono mansuete e, se si spaventano, scappano... ma di certo non battono gli zoccoli!

Allora MAYA non aveva esagerato.

La **Grande Tosatura** era ormai prossima e a Nicky restava solo poco tempo per trovare una **soluzione**. I suoi genitori erano lontani e non sarebbero mai tornati in tempo mentre anche un solo minuto in più sarebbe stato fatale. Per la **prima volta** nella sua vita toccava a lei occuparsi di tutto.

Sarebbe stata all'altezza?

LE PECORE MERINO

Le pecore di razza merino sono originarie dell'Africa.
Da lì giunsero prima in Europa, principalmente in Spagna, e solo nel 1799 in Australia, dove oggi esistono gli allevamenti più grandi del mondo (ce ne sono 15 milioni: praticamente una pecora per ogni abitante!). Perciò, l'Australia è oggi il maggior produttore mondiale di lana; ogni dieci coperte, sciarpe o maglioni di lana venduti nel mondo, sette sono tessuti con lana australiana!
Curiosità: nella città di Goulburn, vicino a Sydney, esiste la statua di pecora merino più grande al mondo. È alta ben 15 metri!

Un aereo misterioso...

Nicky e Paulina decisero di fare il punto della situazione:

- Solo le pecore nel recinto centrale si erano ammalate, le altre stavano benissimo; dunque, non si trattava di una malattia contagiosa.
- Tutte le pecore della fattoria bevevano allo stesso ruscello; dunque, l'acqua non era la causa della malattia.
- Conclusione: se c'era qualcosa di strano, doveva trovarsi nell'erba del recinto centrale.

In casa c'era tutto il necessario per analizzare il terreno. In attesa di saperne di più, Nicky fece spostare gli animali in un altro pascolo.

Se ne occuparono i pastori che lavoravano nel ranch. Intanto, Nicky andò a salutare **Stella**, la sua cavalla bianca.

Il nitrito **ALLEGRO** che la accolse nella stalla le fece scordare di **colpo** tutte le sue preoccupazioni.

– Stella! Stellina mia! Quanto mi sei mancata!

Nicky sellò la cavalla, le saltò in groppa e **CORSERO** fuori insieme, nella prateria sconfinata.

Che gioia! Che sensazione di libertà!

Era bello studiare a **TOPFORD** e l'Isola delle Balene era un luogo fantastico, però... quella era la **sua terra** e solo lì Nicky si sentiva pienamente felice!

All'improvviso Stella lanciò un nitrito ed ebbe uno scarto imprevisto.
Nicky, colta alla sprovvista, rischiò per poco di venire DISARCIONATA.
– Che cosa c'è? Che cosa ti ha spaventata? – chiese alla cavalla.
Il muso di Stella puntava verso l'alto.
In cielo era apparso un piccolo aereo.
Non era **strano**, perché tutte le fattorie ne possedevano uno: serviva per concimare i campi e SPRUZZARE insetticida contro le zanzare.
Eppure la cavalla pareva infastidita proprio da quello.
Nicky pensò fosse meglio tornare alla fattoria.
Era appena arrivata, quando Paulina le corse incontro trafelata: – C'è del **PIOMBO** nel terreno! Le analisi parlano chiaro. Ho anche controllato su INTERNET e i sintomi corrispondono! Stanchezza, perdita della pelliccia, irritabilità: sono i segni inequivocabili

INDIZIO!
IIIIIIIHH!!!
Il rumore del motore dell'aereo rende nervosa la cavalla di Nicky. È solo spaventata o avverte un pericolo?

proprio dell'intossicazione da **PIOMBO**.
Nicky reagì stupefatta: – E come ci è finito, il piombo, nel recinto centrale?
Paulina avanzò una ipotesi: – Forse il pascolo è stato innaffiato con dell'acqua CONTAMINATA!
– L'aereo! – la voce di NAYA fece voltare di scatto le due ragazze che non si erano accorte del suo arrivo. – Una notte, qualche settimana fa, ho sentito un aereo sorvolare a bassa quota la nostra FATTORIA...
– Di notte? – sussultò Nicky. – È pericoloso volare di notte!
– Pericoloso, certo... ma il buio è anche il miglior alleato per passare inosservati! – disse Naya.
Nicky diventò sospettosa: – Il nostro pilota misterioso aveva qualcosa da nascondere, dunque!
– E qualche tempo dopo le pecore hanno iniziato a perdere la lana! – concluse Naya.

Paulina vide il volto di Nicky irrigidirsi.
– Qui intorno ci sono solo due aerei – disse Nicky con le orecchie che le **fremevano**.
– Uno è il nostro… e l'altro è di quel farabutto di Mortimer Mac Cardigan!
Non aggiunse altro.

SALTÒ IN GROPPA A STELLA E PARTÌ AL GALOPPO!

MA CHE FARABUTTO!

Mentre galoppava, Nicky cercava di riflettere. Mortimer Mac Cardigan era il loro vicino. Anche lui allevava pecore e più volte aveva cercato di comperare i terreni della famiglia di Nicky. I suoi genitori si erano sempre rifiutati, ma Mac Cardigan non sembrava arrendersi. Una volta era giunto perfino a fare delle velate minacce!

Mortimer Mac Cardigan

È l'allevatore più prepotente della prateria. Arrogante e antipatico, non sa che cosa siano le buone maniere. Severo e scortese con tutti, si crede un gran furbo.
È un topo che si è fatto da sé (ma non è venuto granché bene).

Adesso, se la vendita della lana fosse andata MALE, la sua famiglia si sarebbe trovata in serie difficoltà economiche. Forse, avrebbero dovuto DAVVERO vendere la proprietà!

Finalmente giunse alla fattoria dei Mac Cardigan!

Mortimer stava cenando in GIARDINO, assieme a suo figlio BOB. Quando vide Nicky, gli andò un boccone di traverso!

BOB MAC CARDIGAN

– Signorina Nicky! KOF! KOF! KOF! Che sorpresa! KOF! KOF! KOF!

Si alzò e si versò da bere da una caraffa di succo di mele.

– Pensavo fosse nel suo bel College di Topford! KOF! KOF! KOF!

Mentre beveva, spinse con una zampa un misterioso contenitore di plastica gialla, facendolo sparire sotto il tavolo.

Nicky non si era accorta di nulla: – Mac Cardigan! – esclamò, fissandolo DRITTO negli occhi. – C'è del **PIOMBO** nei miei pascoli!
Mac Cardigan divenne prima GIALLO, poi VERDE, poi ROSSO.
Sembrava un peperone!
– Cosacosacome??? Signorina Nicky, mi sta forse accusando di qualcosa? Ma come si permette? Se ne vada dalla mia proprietà, prima che la denunci per violazione di domicilio!
Ma che **FARABUTTO!**

Purtroppo Nicky non aveva nessuna prova concreta per accusare Mac Cardigan. Così risalì a cavallo e ripartì.

BOB accennò a un saluto, ma lei non se ne accorse. Era troppo ARRABBIATA per farci caso.

Bob e Nicky si conoscevano fin da bambini e lui aveva sempre avuto un DEBOLE per lei. Ma SFORTUNATAMENTE tra le famiglie non correva buon sangue.

Appena Nicky si fu a l l o n t a n a t a, Mortimer Mac Cardigan scoppiò a ridere.

– HA! HA! HA! Bella sceneggiata, eh figliolo?

Bob non capiva.

– Per un pelo di gatto non mi beccava, quell'impicciona! – proseguì il padre.

Mentre parlava, prese da sotto il tavolo il contenitore di plastica gialla che aveva nascosto. Sul contenitore c'erano un grosso teschio nero e due lettere rosse: Pb.

Il teschio indicava 'pericolo' mentre **'Pb'** era la sigla del piombo!

BoB rimproverò suo padre.

– Papà! Quello che hai fatto non è giusto! Non è per niente giusto!

Mac Cardigan divenne **RoSSo**, poi **GIALLo**, poi **VIoLA**.

Sembrava una melanzana!

– Cosacosacome??? Decido io quello che è giusto o non è giusto! Fila in camera tua e guai a te se spifferi una sola parola!!!

NELLA TERRA DEGLI ANTENATI

Quando Nicky rientrò, Naya stava preparando la cena.
Si sedettero tutti intorno al FUOCO.
Mentre mangiavano, Nicky raccontò del suo incontro con Mac Cardigan: – Non mi ha convinto neanche un po'! – disse. – Secondo me, quello ha la coscienza SPORCA!
Poi chiese a Paulina se avesse trovato qualche rimedio per le pecore intossicate, ma l'amica scosse la testa con aria triste: – Nulla! Niente che funzioni in tempi brevi!
– A meno che... – disse Naya.

TUTTI SI ZITTIRONO.

– ... a meno che non ci rivolgiamo alla saggezza degli ANTICHI.

I suoi occhi BRILLAVANO, illuminati dal fuoco. Sembravano fissare qualcosa molto lontano e molto molto INDIETRO nel tempo.

Naya cominciò a raccontare.

– Mille e mille anni fa, gli antenati degli antenati curavano tutti gli esseri viventi con fiori, foglie e radici. Il nonno di mia nonna raccontava di una radice portentosa, che curava ogni malanno.

Mentre parlava, Naya si era sfilata dal collo la sua collana di semi. Alla collana era legato

un medaglione di legno, con disegnato un **TOPO DEL DESERTO**.

Lo diede a Nicky.

– Questo medaglione è il simbolo della mia **TRIBÙ**. Prendilo. Ti sarà utile nella *Terra degli Antenati*!

Nicky non capiva.

– Dove, **NAYA** cara?

Naya indicò un punto verso nord-ovest.

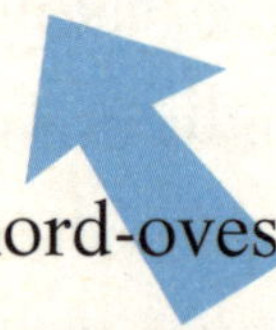

I TOTEM

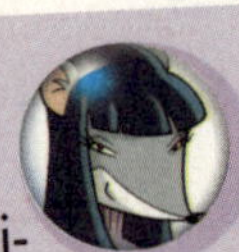

Il totem è parte della spiritualità degli aborigeni. Può essere una pianta, un animale o una roccia che diventa protettore e simbolo dell'identità di una tribù. Ogni tribù ha un totem diverso.

Il totem di Naya è il topo del deserto, il suo nome aborigeno è: 'mingkiri'.

– Devi raggiungere i Monti Flinders e poi cerca *Nepaburra*. Lì troverai gli ANZIANI della mia tribù. Loro sapranno come aiutarvi per salvare le nostre pecore.

Poi Naya si ALZÒ e prese dalla sua sacca un pezzo di legno piatto e liscio, a forma di ovale appuntito. All'ovale era collegata una lunga fune. Naya strinse in mano un capo della fune e cominciò a ROTEARE con vigore il pezzo di legno sopra la sua testa.

VELOCE!
VELOCISSIMO!
VELOCISSIMISSIMO!

Il legno girava e vibrava, emettendo una specie di ronzio.

WOOO WOOOO WOOOO WOOO WOOO WOOO...

Sempre più forte. Sempre più potente.

WOOO WOOOO WOOOO WOOO WOOO WOOOO WOOOO WOOO...

Quel suono riempì tutto il cielo, per chilometri e chilometri.

Violet, PAULINA, Pamela e Colette erano affascinate.

– Che cos'è? – chiese Violet a Billy.

– Noi lo chiamiamo *buzzer*. – rispose lui. – Lo usiamo come una specie di telefono! Chi sente il suono fa ROTEARE il suo *buzzer*. In questo modo chi riceve il messaggio lo rispedisce subito, fino a farlo arrivare a destinazione! È come un grande PASSAPAROLA, capite?

Naya smise di roteare il suo strumento.

– È tutto a posto – sorrise SODDISFATTA. – In base al codice del *buzzer*, la notizia del vostro viaggio è già in cammino verso Nepaburra.

WOOO WOOOO WOOOO WOOO
WOOO WOOOO WOOOO WOOO

GLI STRUMENTI DEGLI ABORIGENI

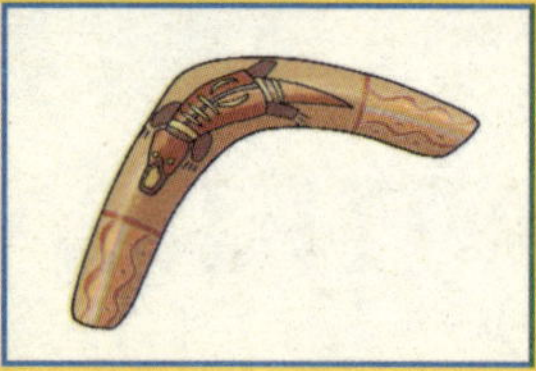

Il boomerang: è un pezzo di legno ricurvo, usato per andare a caccia. Nella lingua degli aborigeni, 'boomerang' significa 'legno che ritorna'; infatti, se il bersaglio non viene colpito, il boomerang compie una curva in volo e ritorna nelle mani di chi l'ha lanciato.

Il buzzer: è un pezzo di legno piatto, legato a una lunga fune. Se viene fatto roteare velocemente, produce un ronzio fortissimo, udibile anche a molti chilometri di distanza.

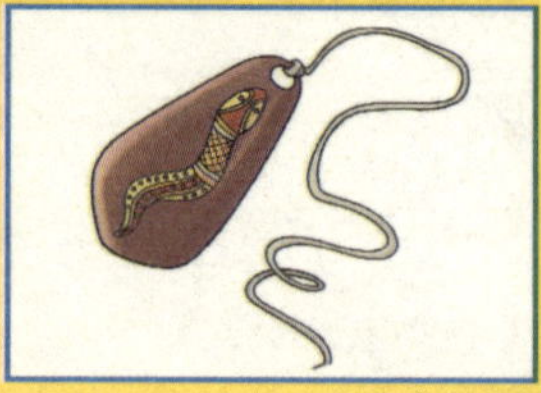

Il didgeridoo: è un ramo di eucalipto, svuotato dalle termiti (degli insetti che mangiano il legno). Viene usato come strumento musicale e per comunicare a grande distanza. Probabilmente è lo strumento musicale più vecchio del mondo!

I legni ritmici: sono bastoncini di legno che vengono battuti uno contro l'altro, per dare il ritmo nei balli. Sono decorati con i disegni dei totem della tribù.

TED IL MEDICO VOLANTE!

Le Tea Sisters passarono il resto della serata a studiare **MAPPE** e carte geografiche. Paulina cercò informazioni su INTERNET. Calcolarono la distanza dalla fattoria ai Monti Flinders.

Come sempre in Australia, le **distanze** da coprire erano incredibilmente vaste. Ma Nicky non sembrava farci troppo caso e le sue *amiche* erano ben decise a non lasciarla sola.

Prima di andare a dormire, le Tea Sisters prepararono i bagagli. Nicky si raccomandò:

– Prendete lo **stretto indispensabile!**

La mattina dopo, le svegliò un ronzio proveniente dal cielo.

IL PARCO NAZIONALE DEI FLINDERS RANGES

I Flinders Ranges si estendono nell'Australia Meridionale. Costituiscono un grande parco nazionale ricco di flora e fauna.

Qui è normale incontrare gli emù (gli struzzi australiani), i grandi ca
guri grigi e il piccolo e timido wallaby delle rocce dalle zampe gialle

In questa zona, da non perdere il bacino di Wilpena Pound, un enorme cratere ricco di pascoli e di vegetazione, circondato da rupi rossastre alte più di mille metri. Inoltre, le grotte di Yourambulla, che conservano sulle pareti antiche iscrizioni aborigene. Infine il Sacro Canyon (una stretta gola rocciosa), decorato da moltissimi esempi di incisioni su roccia, che riproducono canguri, emù e circoli simbolici.

Era un aereo bianco con uno strano stemma *disegnato* sulla fusoliera.
Un aereo del *Royal Flying Doctor Service*! I celebri 'Medici Volanti' australiani, famosi in tutto il mondo!
L'aereo atterrò sul prato davanti alla fattoria.
Billy corse incontro al pilota, un roditore aborigeno dall'aria simpatica, vestito con un'incredibile e COLORATA camicia a fiori.
Billy lo presentò alle ragazze: – Lui è il dottor Oodgeroo Yunupingu, del *Royal Flying Doctors Service!* Ma voi chiamatelo pure Ted, è mio fratello!

TED, FRATELLO DI BILLY, NIPOTE DI NAYA

Ted salutò e abbracciò tutti, in special modo Naya.
Billy e Ted aiutarono prontamente le **TEA SISTERS** a caricare i bagagli sull'aereo.
Pamela aveva una sacca e le sue immancabili chiavi inglesi.

Flying Doctors

Royal Flying Doctors Service of Australia
i 'Medici Volanti'!

Che cosa fai se ti viene il mal di pancia mentre sei a spasso nel cuore dell'Australia? Il medico più vicino può trovarsi a centinaia di chilometri di distanza!
La risposta è una sola: in Australia, anche i medici devono… volare!
Il primo volo dei 'Medici Volanti' australiani, fu effettuato nel maggio del 1928. Da quel giorno, tutti i giorni, per 24 ore, i 'Medici Volanti' non si sono più fermati!
Nel 2004, hanno effettuato 210.000 visite (575 al giorno), volando da un capo all'altro dell'Australia per un totale di quasi 20 milioni di chilometri. In pratica, è come se avessero fatto 500 volte il giro del mondo!

Paulina aveva una borsa e l'inseparabile computer portatile.

Violet aveva una tracolla, e la piccola CASA-ZUCCA che ospitava Frilly, il suo amico grillo.

Nicky aveva uno zainetto e un binocolo.

Tutte portavano lo stretto, strettissimo indispensabile! Tutte tranne una…

Colette aveva una minuscola borsetta rosa e un'ENORME valigia, talmente piena che sembrava dovesse SCOPPIARE da un momento all'altro.

Tutte la fissarono in silenzio.

– BEH, CHE C'È? Ho preso *solo* una valigia! Avevamo detto lo *stretto indispensabile* e così ho fatto!

Le altre continuarono a fissarla. In silenzio.

– Non è nemmeno tutta piena!
Nessuna disse niente. Colette sbuffò e rientrò in casa, trascinandosi dietro l'enorme valigia. Quando uscì, pochi minuti dopo, portava solo uno ZAINETTO e un *beauty case* rosa.
– Uffa! – brontolò Colette mentre saliva sull'aereo. – Se mi invitano a un *ballo*, non ho nulla da mettermi!

Nicky le appoggiò una zampa sulla spalla.
– TRANQUILLA, COCÒ! Se qualcuno ti invita a ballare, te lo procuro io il vestito adatto. Parola di **TEA SISTERS!**
Poi l'aereo decollò leggero come una farfalla.

VIAGGIARE IN AUSTRALIA!

Per viaggiare in Australia sono indispensabili:
- una carta geografica della zona;
- spray repellenti contro gli insetti;
- cappello e crema solare ad altissima protezione;
- acqua in quantità;
- vestiti leggeri per il giorno e maglioncino per la notte;
- torcia elettrica e pile di ricambio;
- mantellina impermeabile durante la stagione delle piogge (da dicembre a marzo);
- una radio o un telefono cellulare con tutti i numeri utili;
- inoltre bisogna conoscere le nozioni base del 'pronto soccorso'.

Doveva essere un viaggio tranquillo...

Il dottor Ted spiegò alle Tea Sisters che in un paio d'ore sarebbero arrivati a **destinazione**: – I Monti Flinders non sono lontani. Un voletto di *solo* 500 chilometri!

In teoria, doveva essere un viaggio tranquillo, per niente avventuroso; **IN PRATICA,** tutto andò **STORTO!**

Il responsabile dei numerosi guai che aspettavano le Tea Sisters l'avete già conosciuto: Mortimer Mac Cardigan.

Infatti Mac Cardigan, che si era allarmato per la visita di Nicky e temeva che la ragazza potesse **OSTACOLARE** i suoi piani, aveva controllato con un binocolo l'aereo al momento del decollo.

Quindi chiamò il centralino dei Medici Volanti e finse di avere un'emergenza.

– Aiuto! Aiutatemi! Sono un povero roditore ammalatissimo! Ho taaanto bisogno di aiuto!

Rispose un'infermiera gentilissima: – Si calmi e mi dica esattamente dove si trova!

L'aereo con le Tea Sisters era partito verso ovest, Mac Cardigan disse di trovarsi lì vicino, dalle parti di Buckleboo.

– Lei è fortunato... – rispose l'infermiera. – Abbiamo il dottor Ted che sta volando proprio nella sua direzione, verso Nepaburra. Gli dico subito di cambiare rotta!

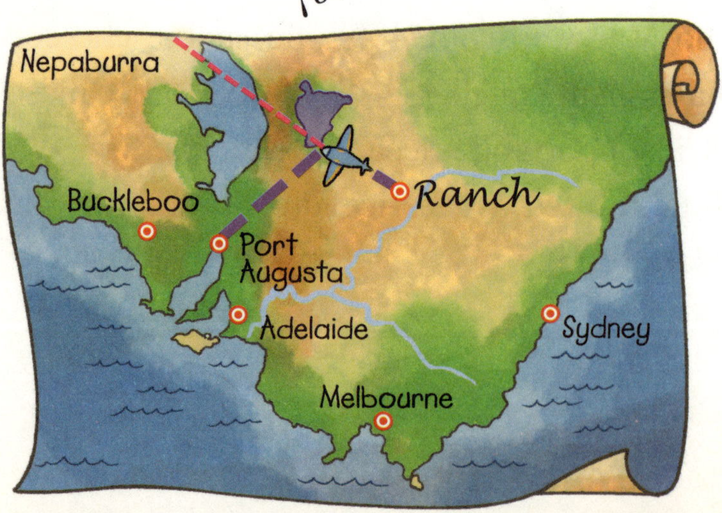

– Grazie, signorina! Grazie e ancora grazie! – squittì Mac Cardigan soddisfatto.
Ma suo figlio Bob aveva sentito tutto: – Papà! Quello che hai fatto non è giusto!
Mortimer Mac Cardigan divenne VIOLA, poi GIALLO, poi VERDE.
Sembrava una zucchina marinata!
– Cosacosacome??? Prendi la tua sacca e vieni con me, piuttosto! Ti insegno io che cosa è giusto e che cosa non è giusto!
Bob non capiva: – Dove andiamo?
– Sui Monti Flinders, a Nepaburra! – esclamò Mac Cardigan. – Voglio sapere che cosa ha in mente quell'INSOPPORTABILE ficcanaso!
'L'insopportabile ficcanaso' era Nicky.
Intanto, Ted aveva ricevuto l'ordine di cambiare rotta.

Informò le ragazze: – C'è un'emergenza. Un tipo, anzi un *topo*, ha bisogno di **AIUTO!** Ma non posso portarvi con me: è vietato dal regolamento.

Le Tea Sisters controllarono sulla cartina. Potevano scendere a Port Augusta e da lì avrebbero proseguito il viaggio con altri mezzi.

CHE COSA NE DITE DI FARE IL PUNTO DELLA SITUAZIONE?

Per le Tea Sisters è in arrivo un'avventura piena di ostacoli!

- Per salvare le pecore del suo ranch, Nicky deve affrontare una corsa contro il tempo!
- Naya, la sua tata, le affida una strana collana: è il lasciapassare per raggiungere i saggi aborigeni capaci di salvare gli animali.
- Le cinque amiche ottengono un passaggio in aereo per i Monti Flinders...
- ... ma con un falso allarme, Mortimer Mac Cardigan è appena riuscito a portare fuori rotta le Tea Sisters!

Tic tic ciaf ciaf splash splash!

Dall'aeroporto di PORT AUGUSTA, le Tea Sisters presero un **TAXI** fino alla stazione. Quindi, salirono su un **treno** che le portò a nord, fino alla cittadina di Hawker. A Hawker presero al volo un **autobus** che andava verso Wilpena e qui noleggiarono un **fuoristrada.** Un fuoristrada che aveva in dotazione **'TUTTOTUTTOTUTTO PER L'AVVENTURA'**, come sottolineò più volte il simpatico topo che gliel'aveva noleggiato. Prima di mettersi alla guida, *Nicky* controllò di nuovo il percorso.

– Guardate! – indicò sulla carta geografica. – Questo è il Parco Nazionale! Qui vive la comunità di *Nepaburra*.

Iniziarono il loro viaggio. Che paesaggio meraviglioso! C'erano vallate ricoperte di prati, alberi giganteschi. Più avanti, spuntarono picchi altissimi, con rocce AGUZZE e rosse. Nicky guidava. Pamela, Colette, Violet e Paulina saltavano da un lato all'altro del fuoristrada, cercando di non perdersi un solo istante di quell'INCREDIBILE viaggio. Facevano a gara a chi riusciva a scorgere più animali.

– Un pappagallo!

– Un'aquila!

– E quello? Quello che cos'è? Un... CANGURINO?!

Nicky le correggeva: – Ma no! Quello non è un canguro. Si chiama *wallaby*!

Spesso restavano in silenzio, a bocca aperta, di fronte a STRANI animali che nessuna di loro aveva mai visto prima: i *wombat*, gli *emù*, perfino un *echidna*!
Nicky era felice e orgogliosa di mostrare le meraviglie del suo paese: – Ragazze… – disse, indicando il panorama. – Questo è quello che noi australiani chiamiamo '*outback*', ovvero l'*interno australiano*!

CURIOSITÀ!

Il piccolo wallaby è un marsupiale di piccole dimensioni. Può raggiungere un'altezza di 50-60 cm (contro i 150 cm del canguro rosso gigante). Diffuso in tutta l'Australia, vive nei deserti, negli ambienti boscosi e rocciosi.
La parola 'canguro' deriva da 'kangaroo', che nella lingua aborigena significa 'non capisco'.

QUANTI PAPPAGALLI CI SONO?
PROVA A CONTARLI!

Soluzione:
Ci sono 24 pappagalli.

Ma sul più bello, cominciò a scendere una pioggerellina sottile sottile.

tic tic tic tic tic tic tic tic tic tic tic tic

Che si trasformò in una pioggia battente.

ciaf ciaf ciaf ciaf ciaf ciaf ciaf ciaf ciaf ciaf ciaf ciaf

Che diventò un temporale con i controfiocchi!

splash splash splash splash splash splash splash splash splash splash splash splash

Le Tea Sisters non avevano mai visto un simile **ACQUAZZONE**.

CURIOSITÀ AUSTRALIANE!

Immaginate di sedervi all'ombra di un albero che esisteva all'epoca dei dinosauri... sì, in Australia può accadere!
Nel 1994, in una valle delle 'Montagne Blu', nella regione del Nuovo Galles del Sud, fu scoperto un albero rarissimo: il Pino Wollemi. Fu un ritrovamento eccezionale, perché si tratta di una specie che esiste da 65 milioni di anni! Poiché è un albero rarissimo e a rischio di estinzione, il Pino Wollemi è anche l'albero più protetto del pianeta!

Cadevano gocce grosse come mozzarelle!
Il tergicristallo era inutile. Non si vedeva a un palmo dal naso, inoltre si stava facendo **buio**.
Decisero di fermarsi e aspettare.
Aspettarono. Aspettarono. Aspettarono.
La pioggia non finiva più! Cenarono con tartine al formaggio e succo di mele. Poi, la stanchezza ebbe il sopravvento. Una dopo l'altra, le cinque amiche scivolarono nel sonno...

Krii! Criiip cip cip Kriiiiiip squiiip tri-triiii-triiii iiiiik squeeek tiutiutiiù tut-tu-hì tut-tu-hì

Che cos'è un billabong?

Che frastuono tremendo! Le ragazze furono svegliate dal canto di mille uccelli.

Violet chiuse gli occhi ancora più forte.

Colette si tappò le orecchie.

Paulina chiese: – Che ore sono?

Pamela rispose massaggiandosi la pancia: – Il mio stomaco dice che è ora di colazione!

Però, dai finestrini non filtrava un solo raggio di sole. **Sembrava ancora notte!**

Mentre le sue amiche si agitavano, Nicky si stiracchiò, sbadigliò, poi urlò con tutto il fiato che aveva in gola: – **SILEEEEEEEENZIO!**

Mille ali **COLORATE** si alzarono in volo e la **LUCE** del mattino inondò l'interno del fuoristrada.

SILEEEEEEENZIO!

Ecco che cos'era successo!

Durante la **NOTTE**, decine e decine di uccelli avevano ricoperto il fuoristrada. Si erano appollaiati dappertutto: sul tetto, sulle fiancate, uno sopra l'altro!

Per questo, all'interno sembrava ancora buio.

Le **TEA SISTERS** restarono con il naso per aria, a guardare quell'incredibile spettacolo. Colette volle scattare una fotografia per il nostro diario. Aprì la portiera, saltò fuori e...

SPLASSSSH!

C'era acqua dappertutto!!!

Nicky aiutò Colette a risalire in auto.

– Tutto bene Cocò?

– NOCHENONVABENENONVABENEPERNULLA!

– strillò Colette. – NON SOPPORTO di fare il bagno in un acquitrino! Non sopporto di essere bagnata fradicia! NON LO SOPPORTO! NON LO SOPPORTO! NON LO SOPPORTO!

Quando Colette si fu calmata, Nicky spiegò la situazione.

– Siamo finite in un *billabong*.

– Che cos'è un *billabong*?!
– chiesero PREOCCUPATE.
– I *billabong* sono laghi che si formano all'improvviso, dopo gli **acquazzoni**. Non sono molto profondi, ma sono enormi!
– Se l'acqua non è profonda, possiamo proseguire! – disse Paulina.
Nicky scosse la testa: – È troppo pericoloso. Sotto l'acqua possono esserci delle buche nascoste, oppure dei coccodrilli.
– Coccodrilli?!
Avevano bisogno di aiuto! Non potevano andare da nessuna parte. L'acqua aveva fatto saltare i circuiti elettrici.

Pamela a quel punto si illuminò: – Ehi, ragazze! – esclamò. – Che cosa ha detto il tipo dell'autonoleggio?

– Il fuoristrada ha in dotazione **TUTTOTUTTOTUTTO PER L'AVVENTURA!** – risposero le altre in coro.

– Bene! È arrivato il momento di controllare!

– esclamò Pamela, salendo agilmente sul tetto del fuoristrada.

Lì c'era il portabagagli!

TUTTOTUTTOTUTTO PER L'AVVENTURA!

– Wow, guardate qui quanta roba! – esclamò Pamela che non credeva ai propri occhi. – Bussole, kit di PRONTO SOCCORSO, caschi e... *Oh, accipicchia!*

– Che cos'altro c'è? – insistettero curiose le altre che, dall'interno del veicolo, non vedevano quello che combinava l'amica.

– Un **GOMMONE!** – esultò Pamela. – Un vero gommone gonfiabile con tanto di remi!

– Vuoi proseguire il viaggio su un gommone remando tra i Coccodrilli? – esclamò spaventata Colette.

– Non tutto il viaggio... solo fino a quella MONTAGNA là davanti! – insistette Pamela.
Non molto distante dal fuoristrada, infatti, si scorgevano le ALTURE di St. Mary Peak.
– Possiamo scalarla! Il *billabong* non può estendersi fin dall'altra parte, non credete? E poi oltre quella montagna c'è una STRADA. Lì ci faremo dare un passaggio fino alla città più vicina!
– E come pensi di arrivare fin lassù? Mi rifiuto di aggrapparmi a zampe nude! E se mi si spezza un'unghia? – disse Colette.
Pamela lanciò dentro al canotto corde, chiodi, ramponi e tutto il necessario per una scalata alpinistica!

TUTTOTUTTOTUTTO PER L'AVVENTURA!

IL ROSA È IL MIO COLORE PREFERITO!

Le Tea Sisters si diressero in canotto verso la parete **ROCCIOSA**.

Per Pamela il viaggio stava diventando davvero **stratopico!**

– Ma ci pensate, ragazze? Distese sconfinate, **ACQUAZZONI** da diluvio universale e ora una scalata in montagna! Questa sì che è un'avventura degna delle **TEA SISTERS!**

Il suo entusiasmo era contagioso.

– Per le Tea Sisters, **hip hip hip... urrà!** – gridarono in coro mentre remavano.

Il cielo era limpido dopo il temporale.

L'aria **FRIZZANTINA** metteva in corpo una gran voglia di muoversi.

– Dopo tante ore seduta in treno e in auto, ho proprio bisogno di sgranchirmi le zampe! – disse Paulina con l'approvazione di TUTTE. Beh, quasi TUTTE...

– Voglio una vasca con l'idromassaggio! – si lamentò Colette. – Voi non avete fatto un bagno nella pozzanghera gigante! Devo essere orribile con i capelli umidi!

– Oh, tu sei sempre deliziosa, Cocò! – la rassicurò Violet, sorridendole. – Guarda! Questo caschetto rosa sembra fatto apposta per te!

Glielo sistemò in testa e la fece specchiare nell'acqua del *billabong*. Colette sorrise alla propria immagine riflessa: – Il rosa è il mio colore preferito!
Poi guardò Violet e l'ABBRACCIÒ: – Grazie, Violet! Sei un'amica!
Intanto Pamela si riteneva la più esperta in fatto di SCALATE. Controllò l'attrezzatura di tutte e le stordì con le sue raccomandazioni:
– **Mai** prendere alla leggera una scalata in montagna! **Mai** sottovalutare la montagna! E **mai**, **mai**, **mai**...
Da alpinista esperta, quale credeva di essere, aveva deciso che toccava a lei prendersi cura delle compagne!

TRA L'ACQUA E IL CIELO

– Un ultimo SFORZO, Pam! Coraggio! Su, che ce l'hai quasi fatta!

Violet era arrivata in CIMA per prima, seguita a ruota da Paulina. Pamela non riusciva a credere che quelle due l'avessero superata con tanta facilità. Strinse i denti, fece **forza** sulle braccia e, finalmente, si arrampicò sulla vetta anche lei.

– Ma come avete fatto? ANF! ANF! – ansimò.

Ma poi sgranò gli occhi e il fiato le si mozzò in gola: sotto di lei si stendeva un panorama meraviglioso!

– INCREDIBILE! – esclamò Pam.

– STUPENDO! – sussurrò Paulina.

INCREDIBILE!
STUPENDO!
MAGNIFICO!

– Magnifico! – sospirò Violet.
– La mia terra! – disse Nicky commossa.
– Guardate! ANCORA ACQUA! – gridò Colette esasperata.
Proprio così: il *billabong* si estendeva anche sul versante opposto al St. Mary's Peak. Un lago immenso da cui emergeva una foresta di alberi e picchi rocciosi.
Calò il silenzio. Si sentivano tutte stordite da quell'esperienza così intensa e particolare.
Finché... RROOOOOOOOOARRRRRRRR

In lontananza videro avvicinarsi uno strano veicolo! Era un idroplano, cioè una barca con il fondo piatto, spinta da una grande elica sistemata fuori dall'acqua. Assomigliava a un enorme VENTILATORE!
Quando lo vide arrivare, Nicky saltò dalla gioia: – Per tutte le tasche dei marsupiali! È proprio MITCH!

Mitch era un altro dei tanti nipoti di Naya e faceva il guardiaparco. Era un tipo, *anzi un topo*, ALTISSIMO, con una incredibile capigliatura fitta fitta di TRECCIOLINE.

– Scommetto che è stato Ted a metterlo sulle nostre TRACCE. – disse Nicky.

La sua intuizione era esatta. Il Medico Volante aveva mandato un messaggio radio a Mitch, per chiedergli di andare ad aiutare le Tea Sisters.

Le cinque amiche proseguirono il viaggio assieme a Mitch in idroplano, scivolando sull'acqua per chilometri.

Il paesaggio allagato aveva un fascino irreale. Sembrava di essere dentro a un sogno!

MITCH, CUGINO DI BILLY

Poi, al calare del SOLE, il *billabong* si interruppe contro il bordo di una SUPERSTRADA.
Mitch disse: – Questo è il posto giusto per trovare un passaggio.
Dopo pochi minuti comparve un puntino all'orizzonte.
– Un camper! – disse Paulina.
– È pieno di *fiori!* – osservò Colette.
– È Billy! – esclamò Nicky.
Anche lui era venuto ad aiutare le Tea Sisters!

AHÌCHEDDOLORE!

Nel frattempo, Mortimer Mac Cardigan non se la passava affatto bene.

Anzi, se la passava MALISSIMO!

Dopo essersi finto malato, aveva costretto suo figlio BOB a inseguire Nicky assieme a lui.

PERÒ, PERÒ, PERÒ...

Mentre saliva sul piccolo aereo, inciampò in un sasso e si slogò una caviglia.

– **Ahìcheddolore!**

Mentre decollava, una vespa entrò dal finestrino e lo pizzicò su un orecchio.

... SI SCHIACCIÒ DUE DITA NEL FINESTRINO...

– **Ahìcheddoloretremendo!**
Per chiudere il finestrino, si schiacciò le dita.
– **Ahìcheddoloretremendissimo!**
Poi, mentre erano in volo, scoppiò il temporale che aveva bloccato anche le Tea Sisters.
Mac Cardigan fu costretto a un atterraggio di fortuna.
I SOBBALZI del piccolo aereo gli procurarono una bella collezione di bernoccoli, uno più grosso dell'altro.

... ERA ANCHE RAFFREDDATO!

Lui e Bob rimasero bloccati tutta la notte, sotto la PIOGGIA.
Le gocce tamburellavano con violenza sul tetto dell'aereo.
Nella cabina di pilotaggio il rumore dell'acqua scrosciante rimbombava così forte che i due topi non riuscirono a chiudere occhio.

Al mattino, Mortimer aveva la caviglia gonfia, l'orecchio che pulsava, le dita che dolevano, la testa tutta ammaccata ed era anche RAFFREDDATO!

Bob cercò di convincerlo: – Dài, papà, torniamo a casa!

Ma quello diventò prima VERDE, poi ROSSO, poi GIALLO.

Sembrava un pompelmo!

– Cosacosacome? Zitto! Sono io qui che decido!

Mac Cardigan continuava a recitare la parte del topo sicuro di sé, ma in realtà era davvero disperato. Chi l'avrebbe curato adesso?

– Andiamo a Curdimurka! – propose Bob.

– In occasione del Gran Ballo arriva sempre tantissima gente! Di sicuro, ci sarà anche un posto MEDICO! Lì qualcuno potrà prendersi cura di te!

Ma quello che Bob non poteva immaginare

AHICHEDDOLORE!

era che anche le Tea Sisters sarebbero arrivate alla famosa cittadina di Curdimurka!

BENVENUTI A CURDIMURKA!

La città di Curdimurka fu fondata verso la fine del 1800, durante i lavori per la costruzione della ferrovia dell'Outback (l'interno australiano). Poi, un po' alla volta, la città venne abbandonata.
Oggi, Curdimurka è una città 'fantasma', anche se ogni due anni, torna a vivere quando si svolge il 'Gran Ballo dell'Outback', la più importante festa dell'Australia del Sud, con bande musicali che suonano per tutta la notte.

La più elegante del Gran Ballo!

Billy fece salire sul camper le ragazze.

Per le Tea Sister però c'erano delle cattive notizie in arrivo.

– Ragazze, tutte le strade sono BLOCCATE! – annunciò Billy. – Dobbiamo fermarci per la notte a Curdimurka. Tra l'altro…

E tutte: – Sì?!

Billy proseguì: – … tra l'altro PROPRIO questa sera c'è una festa! Il Gran Ballo!

– Il Gran Ballo?! – esclamarono in coro Pamela, Violet, Colette e Paulina.

– Ogni due anni, a Curdimurka, c'è il Gran Ballo dell'*Outback*. – spiegò loro Nicky. – È una festa tradizionale, molto popolare da queste parti.

Intanto, Billy canticchiava allegro:

'Se l'Australia vuoi visitare,
a Curdimurka devi andare!
Balli e salti tutta la notte,
di succo di mele ne scoli una botte!'

Mentre si avvicinavano a Curdimurka videro le **STRADE** che **BRULICAVANO** di gente. Tutti volevano partecipare al Gran Ballo dell'*Outback*!

Tutti tranne Nicky.

Lei non voleva perdere altro tempo!

Pensava alle sue pecore malate, pensava che doveva trovare un rimedio in fretta.

Però... tutte le strade erano davvero bloccate! Nicky non sapeva come fare!
Violet se ne accorse e le disse in un sussurro:
– In Cina c'è un proverbio che dice: *se non puoi andare dove vuoi, stai dove sei.* Ormai ti trovi qui e non puoi farci nulla. Goditi questi momenti!

VIOLET AVEVA PROPRIO RAGIONE!

L'unica cosa da fare era accettare il cambiamento di programma e aspettare l'indomani. E poi al ballo le sue amiche si sarebbero divertite un mondo!

Okay, divertiamoci! – disse Nicky guidando le amiche in città.

Che spettacolo incredibile! Che festa! C'erano BANCARELLE e *orchestrine* dappertutto! C'erano giostre, **giocolieri**, PALLONCINI! C'erano mille cose buone da MANGIARE!

Le Tea Sisters erano stordite ed emozionate da tutta quella confusione. Solo Colette camminava in silenzio, con gli occhi bassi.

– Tutto bene, Cocò? – si informò Nicky, ma Colette scoppiò a piangere: – Nochenonvabene! Non va bene per nulla! Non posso andare a un ballo conciata così! Guarda i miei capelli… e i vestiti!

– Ascoltami, Cocò. – la consolò Nicky. – Ti ho dato la mia parola di Tea Sister che se ci fosse stato un ballo, ti avrei procurato il vestito adatto. Io mantengo sempre le mie promesse!

Già, ma dove trovare un abito da sera in quella confusione? Come si poteva fare per trovare un abito a Colette?

Nicky si guardò intorno.

Poi saltò su un furgone, fermo lungo la strada, e gridò con tutto il fiato che aveva in gola:

– EHI, GENTE!

Tutti si zittirono e si voltarono a guardarla.

– C'è qui la mia amica che viene da lontanissimo! Dalla Francia!

Si sollevò un brusio.

– Dalla Francia?

– Sì, ha detto Francia!

– VALÀ! Così lontano?

– GARANTITO AL FORMAGGIO!

Di nuovo, Nicky dovette gridare: – Beh, questa ragazza non ha nulla di adatto da mettersi per il ballo! Facciamole conoscere l'ospitalità

di noi australiani! Ci servono vestiti rosa! Capito? Rosa!

Subito si scatenò una gara: – Io ho una camicetta rosa!

– Ecco uno SCIALLE!

– Va bene una CINTURA con i brillantini?

– Proprio tutto rosa?

– Garantito al formaggio!

Un venditore di snack al gorgonzola offrì la sua roulotte come camerino.

Per prima cosa, Colette si fece uno shampoo.

Poi Nicky, Violet, Pamela e Paulina la aiutarono a trovare il *look giusto*.

Colette era felice!

E tutte loro erano felici di vederla felice!
Ballarono e ballarono e ballarono per ore, muovendosi al ritmo di mille musiche diverse e lasciandosi trasportare dal ritmo.
A un tratto, Violet si guardò intorno. Nella confusione aveva perso le sue amiche!
Provò a chiamarle, ma c'era troppo chiasso.
Provò a cercarle, ma c'era troppa FOLLA!
Si sentì persa, persa, persa, persa, persa!
Mentre Violet si guardava intorno disperata, la folla si mosse come un'onda e cominciò ad applaudire.

A
B
C
D
E
1
2
3
4
5
6
7
8
AIUTA VIOLET A RITROVARE
LE SUE AMICHE TEA SISTERS!

G
H
I
L
M
BENVENUTI!
Soluzione:
Pamela H-4; Paulina E-7; Nicky A-7; Colette G-7.

Violet non capiva che cosa stesse accadendo. Intorno a lei sentiva mille voci: – C'è stata l'elezione della più *elegante* del Gran Ballo! E dopo sarà il momento della più **simpatica** e della più **sportiva!**

– Chi è la più elegante?

– È una bionda! È francese della Francia!

– È quella dei vestiti rosa!

– VALÀ! Proprio lei?

– **GARANTITO AL FORMAGGIO!**

– Colette! – esclamò Violet felice e sorpresissima.

Infatti, Colette stava proprio salendo sul palco della premiazione.

– Quella è la mia amica! – gridò Violet facendosi largo.

La folla si aprì per farla passare.

Sotto al palco c'erano tutti.

C'erano Nicky, Paulina e Pamela. C'era Billy e c'erano tutti, tutti, tutti quelli che ave-

vano dato i loro vestiti rosa! Tutti applaudivano contenti.
Colette era bella come una *Regina!*
Quando le misero in testa la corona della 'Più elegante del Gran Ballo', aveva gli occhi lucidi per l'emozione.
Che nottata indimenticabile!
Paulina scattò moltissime foto! Poi Colette recuperò i suoi vestiti e **ringraziò**, uno per uno, tutti i roditori che l'avevano aiutata!

L'INCORONAZIONE!
LA PIÙ ELEGANTE DEL BALLO
BILLY... MA CHE COSA FAI?

LA PIÙ SIMPATICA DEL BALLO...
... E LA PIÙ SPORTIVA!
TANTI, TANTI, TANTISSIMI FUOCHI ARTIFICIALI!!!

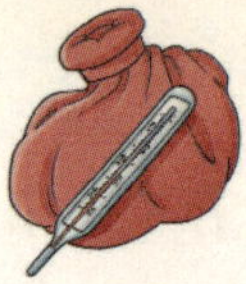

Un trattamento... speciaaale!

Anche Mortimer Mac Cardigan aveva passato la notte a Curdimurka, ma... in infermeria!
Lo aveva accolto un medico che chiese: – Lei è quello con la caviglia slogata?
E Mortimer: – Sì!
– Quello con l'orecchio INFIAMMATO, le dita gonfie e la testa ammaccata?
– Sì!
– Quello che è anche RAFFREDDATO?
– Sì, sì, sì!
– Ah... – concluse il medico. – Allora ci vuole una bella terapia d'urto!
Mortimer divenne BIANCO per la paura. Sembrava una mozzarella!

– Rosy! – gridò il medico, chiamando l'infermiera nella stanza accanto. – C'è qui il paziente che aspettavamo. Quello che ha bisogno del trattamento speciaaale!

Mac Cardigan balbettò: – C-che cos'è il *trattamento speciale*?

In quel momento entrò Rosy, l'infermiera. Si rimboccò le maniche e disse: – Vediamo, vediamo... AHA! Qui ci vuole una PUNTURINA! Anzi: due punturine! Ma sì, facciamone tre e non se ne parli più!

Rosy prese un'**ENORME** siringa, con un ago lunghissimo!

Mac Cardigan voleva scappare. Improvvisamente si sentiva guarito!!!

Rosy scoppiò in una grossa risata: – HA! HA! HA! PAURA, eh? Su, bastano due cerotti, una

pomata e una spremuta d'arance per il raffreddore!

E così, Mortimer e Bob passarono la notte in infermeria.

Mac Cardigan dormì, mentre Bob non riuscì a chiudere **OCCHIO**.

Il comportamento di suo padre non gli piaceva. Era tutto sbagliato, **SBAGLIATISSIMO!**

Ma dove trovare il coraggio di ribellarsi?

Quando lui provava a protestare, suo padre diventava ancora più **IRASCIBILE**.

Almeno quell'infermiera gli aveva dato una bella lezione!

Intanto, dalla finestra arrivavano i suoni e le risate della città in festa.

Bob si sentiva triste e non aveva voglia di uscire.

Avrebbe voluto essere lì con Nicky. Ridere con lei, SCHERZARE con lei, ballare con lei!

Se solo avesse saputo che Nicky si trovava proprio a due passi da lui!

Ma questo Bob non poteva immaginarlo!

Il mattino seguente, Mac Cardigan stava già decisamente meglio.
Svegliò Bob con uno strattone e, senza dirgli neanche *'buongiorno'*, salirono assieme sul loro aereo e decollarono immediatamente.

DESTINAZIONE: NEPABURRA!

ABBIAMO TROPPO, TROPPO, TROPPO SONNO!

Poco lontano dall'infermeria, davanti alla stazione di Curdimurka, si sentiva tutta un'altra musica:

RONF-RONF GROUNNF BL-BL-BL-BL YAWWWWNN PFFFFF... PUFF! BZZZZZZZ RRRONNNF Z-Z-Z-Z-Z!

Era un concerto di **RONFATE**, **RUSSATE**, borbottii e sbadigli!
Tutti dormivano! Tranne Nicky.
Era troppo agitata: pensava alle sue pecore, ai suoi genitori e al ranch in pericolo!
Billy dormiva nell'atrio della stazione. Nicky cercò di svegliarlo: voleva ripartire al più presto!
Ma quello non sembrava sentire!

Colette si svegliò e cercò di aiutarla, gridando:
– EHI, BILLY!
Risposero mille borbottii.
– Chi è che grida?
– Che ore sono?
– Ssssssh!
– ABBIAMO TROPPO, TROPPO, TROPPO SONNO!
Colette cercò di fare più piano, ma non era facile: – EHI, BILLY!
Intanto lo strattonava.
A sua volta Nicky cercava di svegliare le amiche, senza disturbare la gente intorno.
Paulina, Violet e Pamela (soprattutto Pamela), si lamentarono: – Abbiamo troppo, troppo, troppo sonno!
Alla fine si alzarono, recuperarono i bagagli e raggiunsero Billy. Le ragazze lo sollevarono di PESO e lo caricarono nel camper.
Nicky si mise alla guida.
– Andiamo, ragazze! Colette, tu tieni d'occhio

la carta STRADALE! Andiamo a Nepaburra!

Nicky accese il motore tenendolo al minimo.

Non voleva disturbare nessuno.

In quell'istante, passò un aereo a bassa quota.

VROAAAAAAMMMMMMMM!!!

Tutti si svegliarono di soprassalto.

– E BASTA!

– MA INSOMMA!

– Abbiamo troppo, troppo, troppo sonno!

Poi, così come si erano svegliati, si riaddormentarono.

Nicky si sporse dal finestrino.

Guardò l'aereo e lo riconobbe.

Era quello di Mortimer Mac Cardigan!

VROAAAAAAMMMMMM!!!

BENVENUTI A NEPABURRA!

Il viaggio delle TEA SISTERS proseguì senza intoppi.

TRUP... TUTUP... POT... POT!

Almeno finché il camper non si fermò!
Avevano finito la benzina!
Nicky era così ansiosa di arrivare che non aveva controllato il carburante. E Billy stava ancora ronfando... anzi, si svegliò proprio quando il camper smise di avanzare: – Uh? Ma dove siamo?
– A METÀ strada da Nepaburra e non c'è più benzina! – gridò Nicky esasperata.
Le sembrava di vivere in un INCUBO.

Era sempre a un passo dalla meta e non la raggiungeva mai!

– Ci sarà pure un distributore lungo la strada! – intervenne Pamela, offrendosi volontaria. – Vado a prendere una tanica di benzina.

– Sì, ce n'è uno. – borbottò Billy, stropicciandosi gli occhi. – Tra venti o trenta chilometri, credo.

Le Tea Sisters rabbrividirono a quella notizia. Ma il volto di Billy si ILLUMINÒ: finalmente era del tutto sveglio. Afferrò la radio: – Mitch! Abbiamo bisogno di te!

Dopo una mezz'oretta, arrivò il **fuoristrada** con le ***INSEGNE*** del Parco Nazionale.

– MIIITCH! – lo salutarono in coro Nicky, Pamela, Violet, Colette e Paulina.

Era la seconda volta in ventiquattro ore che veniva a salvarle!

Billy riempì il serbatoio. Ora poteva tornare alla fattoria: ci avrebbe pensato Mitch a guidare le **TEA SISTERS** fino a Nepaburra!

Nicky tirò un sospirone di sollievo.

La sua missione era quasi compiuta!

Tra breve avrebbe incontrato gli ANZIANI della tribù di Naya. Loro avevano il rimedio per guarire le sue pecore, ne era sicura.

Quando la strada sterrata si ridusse a un **SENTIERO**, le Tea Sisters e Mitch proseguirono a piedi... tra nuvole dense di mosche, mosconi, moscerini, zanzare, tafani, libellule, vespe, api e calabroni **GIGANTI!**

BZZZZZZZZZZZZZZZZZZZZZZZZZZZZZZZZZZZZZZZZZZZZZZZZZZZZZZ

INDIZIO!

Oltre ai pappagalli, agli insetti e ai koala, c'è qualcuno che tiene d'occhio le Tea Sisters da mooolto vicino... Riesci a scoprire chi è? E dov'è?

Per fortuna, Nicky aveva uno spray fatto apposta per tenere lontani gli insetti molesti. All'improvviso comparve un gruppo di piccoli aborigeni.

Avevano l'aria furbetta e i capelli e il corpo ricoperti di FANGO secco.

Il fango serviva a proteggere i ragazzini dagli insetti e dai raggi del SOLE.

I piccoli salutarono il guardiaparco in coro: – Ciao, zio Mitch!

– Sono i pro-pro-pronipoti di Naya! – disse Mitch alle TEA SISTERS.

– Ma qui siete tutti parenti?! – esclamò Pamela.
I ragazzini salutarono le Tea Sisters in coro:
– Ciao straniere buffe con i nasi buffi e i capelli buffi, che più buffi non si può!
Poi scapparono via ridendo.

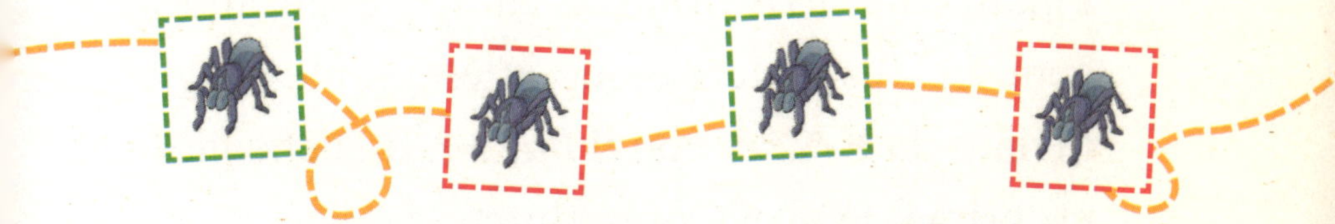

Pamela rabbrividì: i piccoli aborigeni giocavano a rincorrere degli enormi **RAGNI PELOSI!**
Violet conosceva le difficoltà di Pamela. All'inizio della loro amicizia, Pam era terrorizzata perfino da Frilly, il grillo di Violet.
Ma poi aveva superato la propria paura e aveva perfino salvato la vita di Frilly!
– TRANQUILLA... – sussurrò Violet, prendendola sottobraccio. – Ti proteggo io!

UNA MISTERIOSA INDICAZIONE

Finalmente arrivarono al campo degli aborigeni. Le Tea Sisters erano attese: il messaggio inviato da NAYA con il *buzzer*, qualche giorno prima, le aveva precedute.

Era ora di cena, sul fuoco cuoceva una zuppa di radici, che mandava un *profumino* delizioso.

– SI MANGIA! – esclamò Paulina.

Erano tutte affamate!

Una ragazza aborigena andò incontro alle Tea Sisters. Era piccola e snella, e indossava un semplice vestito a fiori.

Mitch la presentò: – Lei è *Lilly*, la mia fidanzata!

Mitch e Lilly si abbracciarono teneramente.

Intanto, Nicky si guardava intorno preoccupata: – Dove sono gli anziani della tribù?

– Sono PARTITI! – rispose Lilly.

Che colpo per la povera Nicky!

ADESSO AVEVA DAVVERO VOGLIA DI PIANGERE!

– Ma io... devo assolutamente parlare con loro! Ho fatto centinaia di chilometri per incontrarli!

Lilly comprese che doveva trattarsi di qualcosa di molto grave, ma era combattuta:

– Purtroppo NON POSSO dirti dove sono. È un luogo segreto! Soltanto noi aborigeni possiamo andarci.

Nicky stava quasi per scoppiare in LACRIME.

Allora era stato inutile venire a Nepaburra!

Ma Violet la tirò per un braccio: – La collana! Mostrale la collana che ti ha dato Naya!
L'ANSIA aveva fatto dimenticare a Nicky la cosa più importante!
– Ecco, guarda! – disse Nicky mostrando la collana a Lilly. – Me l'ha data la mia tata!
La giovane aborigena fu molto sorpresa: – Questa collana è speciale! È una collana aborigena. Ed è il segno che posso fidarmi di te!
Lilly raccontò che gli anziani si erano diretti alla GRANDE ROCCIA ROSSA DI ULURU, nel cuore dell'Australia.

– La conosco! È AYERS ROCK! *Uluru* è il suo nome aborigeno! – esclamò Nicky.
– Se vuoi parlare con gli anziani,

devi andare là e cercare *la montagna dentro la montagna!* – concluse Lilly.
Poi indicò il topolino del deserto inciso sul medaglione di Naya e disse:
– Lui ti indicherà la strada!

Nicky non capiva.
Lilly la rassicurò: – Sta' tranquilla. Quando sarà il momento, capirai!
Intanto, mentre Lilly e Nicky parlavano, Pamela **frugò** nella sua sacca e...
– **SQUIIIIIT!**

Toccò un enorme ragno **PELOSO!**
Rovesciò la sacca e il ragno scappò via.
I piccoli aborigeni si lanciarono all'inseguimento del ragno, che fuggì a nascondersi nella **BOSCAGLIA.**

Ma proprio dalla boscaglia si levò un grido disperato: – IIIIIK! CHE RAGNO!

Era Mortimer Mac Cardigan!

Stava spiando Nicky, quando quell'enorme ragno **PELOSO** gli era saltato addosso, dritto sul naso! Le Tea Sisters lo videro ***SCAPPARE***, con la coda tra le gambe!

RAGNI PERICOLOSI!

In Australia vivono 7 dei 10 ragni più pericolosi al mondo.

Il ragno più velenoso in assoluto è l'Atrax Robustus, o 'ragno dei cunicoli'. È un ragno di colore scuro, del diametro di 15-45 millimetri (comprese le zampe); costruisce tele a forma di imbuto che sistema al suolo, dentro delle buche.

In Italia, l'unico ragno pericoloso è la malmignatta, imparentata con la vedova nera. Vive normalmente sotto le pietre, sotto le rocce oppure alla base di vecchi tronchi. La sua dimensione varia da 4 a 15 millimetri ed è facilmente riconoscibile, perché ha il corpo nero decorato da puntini rossi.

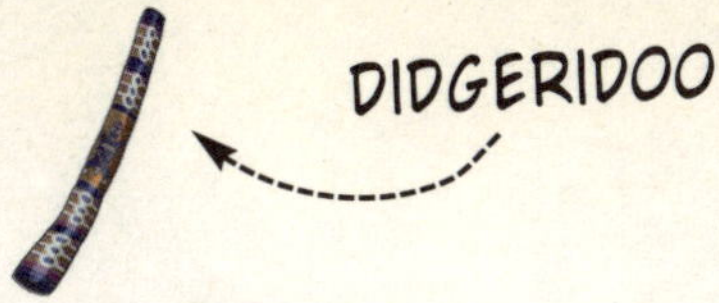

Di nuovo in viaggio!

Stava calando la notte, ma Nicky non si decideva ad andare a DORMIRE.

Controllava e ricontrollava le sue carte geografiche: la distanza da Nepaburra all'AYERS ROCK sembrava infinita.

Lilly non capiva perché fosse tanto preoccupata.

– Teme di non fare in tempo! – le spiegò Paulina. – E le sue pecore hanno bisogno della medicina *adesso*!

Allora Lilly corse a prendere un lungo tronco di eucalipto, svuotato all'interno e decorato con mille PUNTINI COLORATI.

– Quello lo conosco! – disse Pamela. – Si chiama... *giggiridù*!

Mitch la corresse divertito: – Si dice *didgeri-doo*! – e prese lo strumento che la fidanzata gli porgeva.
Soffiò con forza nel ramo e lo fece vibrare.
Il ramo emise un suono stranissimo, basso e potente.
MMHOUUUU-IUUU-OUUU-IUUU-OUUU
Da molto lontano, come un'eco distante, un altro *didgeridoo* rispose.
Attraverso lo strumento, MITCH stava comunicando con qualcuno!
Quando smise di suonare, si rivolse a Nicky: – Vi ho trovato un passaggio! Partirete domani mattina con l'aereo di Ted, il *Medico Volante*!
Finalmente, potevano andare a riposare.
Solo Pamela passò una notte agitata, sognando enormi ragni PELOSI!

BRRRRRRRRRRR RRRRRRRRRRRRRRRRR!!!

La mattina seguente, al momento della partenza, tutto il villaggio salutò le **TEA SISTERS**.
Anche i piccoli aborigeni.
– CIAO STRANIERE BUFFE, CON IL NASO BUFFO E I CAPELLI BUFFI!
Poi Mitch e Lilly le accompagnarono al più vicino campo di atterraggio degli aerei.
Lì le aspettava Ted, il *Medico Volante!*
Prima di salire sull'aereo, le Tea Sisters ringraziarono i loro nuovi amici, Lilly e Mitch.
– Formano proprio una bellissima coppia! – esclamò Pamela.
Era bello sapere che anche lì, nel **CUORE** del continente australiano, avevano degli amici sinceri!
Perché i veri amici sono davvero preziosi!

I veri amici sono
davvero preziosi!

Come una mozzarella nel forno!

Durante il *Volo,* Nicky continuò a scrutare il cielo. Dopo quello che era accaduto la sera precedente, non aveva più dubbi: Mortimer Mac Cardigan le stava seguendo!

Sapeva dove erano dirette!

Di sicuro, l'avrebbero incontrato ancora!

Intanto Mac Cardigan era già arrivato ad **AYERS ROCK**.

Voleva preparare una trappola per le Tea Sisters! Però, però, però... C'era una novità!

Una grossa novità!

Un'**enorme gigantesca** novità!

Quella mattina, suo figlio **BOB** aveva detto:

– Basta così, papà. Non contare più su di me!

Era la prima volta che Bob **disubbidiva!** Mac Cardigan urlò, strepitò, pestò i piedi per terra, ma fu tutto inutile. Bob si tappò le orecchie e finse di non sentire.

GLI VOLTÒ LE SPALLE E SE NE ANDÒ.

Così, Mac Cardigan rimase solo ai piedi di AYERS ROCK. Tra le rocce infuocate.

Faceva caldo, caldo, caldo, caldo, caldo.

TROPPO CALDO!!!

Si sentì come una mozzarella nel forno! Si rifugiò sotto una roccia, all'ombra.

– Quasi quasi mi riposo un pochino…

Ma poi si addormentò!

La montagna di fuoco!

Le **TEA SISTERS** raggiunsero Ayers Rock quando il sole era ancora alto. Il *Dottor Ted* dovette salutarle subito e decollare: era giunta un'altra chiamata **urgente** per lui.
Nicky fu prudente.
– Fa **TROPPO CALDO!!!** Riposiamoci un po'! Aspetteremo che il sole cali!
Le Tea Sisters si accamparono all'ombra e fecero il punto della situazione.
Paulina e Violet raccontarono quello che avevano scoperto su Ayers Rock: – Anche se avessimo portato con noi l'**ATTREZZATURA** per scalare, sarebbe stato inutile! – dissero.
– È proibito arrampicarsi sulla montagna sacra!

Ayers Rock, chiamato 'Uluru' dagli aborigeni, è il più grande monolite esistente al mondo. La parola 'monolite', significa 'una sola pietra'. Dunque Ayers Rock è una montagna fatta da una sola enorme pietra.

La parte visibile di Ayers Rock è lunga 3.600 metri ed è alta 348 metri. In realtà, l'intera roccia è molto più grande: infatti la pietra prosegue sottoterra per altri 700 metri.

I venti e le piogge hanno scavato la pietra creando delle gole. Nei giorni di forte vento le gole 'sibilano' in modo misterioso. Questo fenomeno ha dato origine a molte leggende.

Ayers Rock sorge nel mezzo di un terreno completamente piatto. I momenti più suggestivi per visitarlo sono il tramonto e l'alba, quando la luce del sole rende la roccia quasi 'viva', accendendola con una serie infinita di sfumature rosse sempre più intense.

Ayers Rock è ricco di testimonianze della cultura aborigena, come i graffiti, cioè disegni ottenuti graffiando la roccia. I graffiti più antichi rinvenuti risalgono a 20.000 anni fa!

Nicky, intanto, pensava e ripensava alle misteriose parole di Lilly: *'Cerca la montagna dentro la montagna'*.

E anche: *'Lui ti indicherà la strada'*.

Nicky guardò il topolino del deserto inciso sul medaglione di Naya. Come poteva, quel DISEGNO, indicarle la strada giusta?

Nicky non riusciva a immaginarlo...

Finalmente, il sole si abbassò sull'orizzonte. Ayers Rock era imponente e misterioso. Visto con la luce del tramonto, sembrava una montagna di fuoco!

Nicky prese il binocolo e cominciò a scrutare tra le rocce di Ayers Rock.

Chissà dov'era il passaggio per entrare *dentro la montagna,* come le aveva detto Lilly!

Ma, da lontano, qualcuno teneva d'occhio le Tea Sisters... Era BOB Mac Cardigan! Infatti il giovane, dopo aver lasciato suo padre, si era messo sulle tracce delle cinque amiche.
Era preoccupato per loro!
Intanto le Tea Sisters seguivano Nicky in silenzio, per non disturbarla.
Chissà che cosa stava cercando?
Su una parete Nicky scoprì delle SPACCATURE NELLA ROCCIA, abbastanza larghe perché ci potesse passare qualcuno.
Porse il binocolo a PAULINA e disse: – Forse il passaggio per entrare nella montagna è in una di quelle fessure!
Paulina scrutò a lungo con il binocolo: – Può darsi, però... come facciamo a scoprire qual è la fessura giusta?
Improvvisamente Pamela indicò il topolino inciso sul medaglione di Nicky.

INDIZIO!

– Lilly ti aveva detto che *'lui ti avrebbe indicato la strada'*!

Intanto anche Violet scrutava le rocce con il binocolo. **RUOTÒ** la rotellina della messa a fuoco e vide che sulla roccia, tra una fessura e l'altra, c'erano degli strani segni.

Violet ruotò ancora la messa a fuoco.

– Per i mille mattoni della Grande Muraglia! – gridò sorpresa.

E restituì il binocolo a Nicky.

– **GUARDA** anche tu! Vedi anche tu quello che ho visto io?

Su queste due rocce, ci sono tanti disegni di topi del deserto. Hai notato anche tu che tutti, con la loro coda, indicano il passaggio in questa spaccatura?

Nicky guardò e sbarrò gli occhi per la meraviglia. Su quella parete erano incise decine e decine di antichissimi graffiti aborigeni! C'erano linee ondulate, spirali, tartarughe, lucertole, aquile e **SERPENTI**. Ma *soprattutto* c'erano **TANTI**, **TANTISSIMI**, **TANTISSIMIMISSIMI** topolini del deserto, come quello ritratto nel medaglione di Naya!

AIUTA LE TEA SISTERS!

Osserva i graffiti nella pagina a sinistra e guarda i topolini del deserto. Noti qualche cosa di particolare?
Scrivi qui i tuoi appunti:

- -
- -
- -
- - - - - - - - - - - - - - - - - - - -
- - - - - - - - - - - - - - - - - - -
- - - - - - - - - - - - - - - - - -
- - - - - - - - - - - - - - - - - -
- - - - - - - - - - - - - - - - - -
- - - - - - - - - - - - - - - - - -

UNA QUESTIONE DI... CODA!

– Avviciniamoci! – suggerì Paulina. – Secondo me se andiamo a vedere bene quei topi del deserto scopriremo qualcosa!

Le Tea Sisters si incamminarono ai piedi della montagna sacra, proprio dove avevano visto i graffiti col binocolo.

Ora la parete ricoperta di graffiti era proprio sopra di loro.

Paulina aveva ragione! C'erano tanti topolini e, a guardare bene, le loro code erano tutte DIVERSE!

– Questo ha la coda curva!

– disse Pamela.

– Questo ha la coda dritta! – indicò Violet.

– E questo ha la coda a freccia! – osservò Colette. – Proprio come quello del medaglione!

Nicky si avvicinò per controllare: – Ma certo! Brava Colette! Dobbiamo seguire la DIREZIONE che ci indicano i topi con la coda a freccia! Saranno loro che *ci indicheranno la strada*!

– Davvero un'idea coi baffi! – esclamarono tutte in coro.

Proprio in quel momento Paulina si accorse che nel terreno c'era una specie di sentiero.

– Guardate!

– Stratopico!

– Un passaggio tra le rocce! – esclamò Nicky, con il cuore in gola per l'emozione.

La LUCE bassa del tramonto illuminava una piccola spaccatura che si apriva tra le rocce,

proprio nel PUNTO indicato dalla coda dei topi del deserto!

Le Tea Sisters si sentirono vibrare le orecchie per l'emozione.

Le ragazze decisero di entrare in quella fenditura nella roccia. Una volta oltrepassata, iniziarono a camminare lungo un sentiero e, dopo una curva, si trovarono davanti a un'altra spaccatura nella ROCCIA.

Era una strettissima galleria buia.

Violet disse, con voce incerta: – Uluru è una MONTAGNA SACRA! Forse è irrispettoso entrare là dentro.

– Ma noi non le mancheremo di rispetto! – disse Pamela.

– *Certo che no!* – disse Nicky, mostrando il medaglione. – Abbiamo una **MISSIONE** da compiere e questo medaglione è la prova della nostra buona fede!

Ce l'ha dato Naya e ci proteggerà! Andiamo dentro e cerchiamo gli anziani!

Le cinque ragazze unirono le ZAMPE e, per farsi coraggio, gridarono tutte assieme il loro motto: – *Sorelle per una... sorella per tutte!*

Così Nicky prese la torcia elettrica e avanzò per prima. Una dopo l'altra le Tea Sisters la seguirono nell'oscuro passaggio.

La montagna dentro la montagna

La galleria scendeva sottoterra nel cuore della montagna. Il terreno si faceva sempre più ripido e SCIVOLOSO.

Le cinque amiche dovevano tenere gli occhi bene aperti per non rischiare di cadere.

A un certo punto videro qualcosa muoversi nell'ombra. Pamela urlò: – Che cos'è?

La torcia di Nicky puntò verso la parete: era piena di grossi, enormi, giganteschi **millepiedi!**

Pamela rabbrividì: – BRRRRRRRRRRRRR!

Nicky, Paulina, Violet e Colette si misero intorno a lei, come per proteggerla.

– Non temere, Pam! – la rassicurarono tutte.

– Ricordi? *Sorelle per una... sorella per tutte!*

Non se ne accorsero, ma qualcuno le stava osservando.

Erano tre misteriosi topi aborigeni! Due uomini e una donna, molto anziani.

Il primo sussurrò: – *Si vogliono bene.*

Il **SECONDO** aggiunse: – Questo è bello.

La TERZA concluse: – Bello e buono!

Le Tea Sisters proseguirono.

Il passaggio divenne strettissimo.

Nicky **SUDAVA FREDDO!**

Lei non sopportava gli spazi troppo stretti.

Paulina, Violet, Pamela e Colette cercarono di rincuorarla.

– CORAGGIO, NIC!

– TIENI DURO, NIC!

Le TEA SISTERS non lo sapevano, ma i tre misteriosi aborigeni le stavano ascoltando.

Il primo sussurrò:

– Si aiutano.

Il SECONDO aggiunse: – Questo è buono.

La TERZA concluse: – Molto buono!

Le ragazze continuarono a camminare nel cunicolo. Chissà dove le avrebbe portate! Sembrava quasi un labirinto!

Violet ormai era molto stanca.

– Ragazze, non ce la faccio più a proseguire! Sono distrutta! E poi, dove sbucherà questo sentiero? Uffa...

Ma finalmente il cunicolo sbucò in un'enorme caverna buia, rischiarata solo da alcuni fuochi,

AIUTA LE TEA SISTERS A TROVARE LA CAVERN

LA SOLUZIONE È A PAGINA 212!

intorno ai quali erano accovacciati molti aborigeni. Uomini e donne erano ricoperti di pitture bianche e gialle.

Le Tea Sisters rimasero senza parole.

Questa, dunque, era *la montagna dentro la montagna*!

Le Tea Sisters erano ancora **IMPIETRITE** per la sorpresa, quando sentirono una voce alle loro spalle.

– Salute a voi, STRANIERE! Cercate qualcosa?

Erano i tre aborigeni che le avevano seguite.

Erano tutti e tre molto anziani, con lunghi

capelli bianchi annodati sulla testa.
I tre si presentarono.
– Io sono Boba.
– Io sono Napa.
– E io sono Luisa.
Le Tea Sisters chiesero stupite: – Luisa?
Luisa scoppiò a ridere.
– Sapete, i miei genitori amavano i nomi *strani*!
Nicky chiese di poter parlare con i SAGGI anziani della tribù di Naya.
– Siamo noi gli anziani! – risposero.
Le invitarono a sedere attorno a un fuoco.
Nei pentoloni bolliva una zuppa profumata che fu offerta alle cinque ragazze.
Mentre mangiavano, Nicky raccontò tutto quel che era successo.
– Naya, la mia tata, mi ha parlato di una radice che guarisce tutti i malanni. Anche l'intossicazione da **PIOMBO!** Mi ha detto che l'avrei trovata qui da voi, dagli *anziani*!

Di nuovo, i tre saggi scoppiarono a ridere.
Boba indicò il medaglione di Nicky e disse:
– Ma la radice è sempre stata con te!
Nicky non credeva alle proprie orecchie!
– Volete dire che... questa collana?...
Napa fece cenno di sì con la testa.

– Esatto! Il medaglione è fatto con la radice che cerchi!

Quella rivelazione lasciò le Tea Sisters incredule e... **divertite!**
Avevano affrontato quella lunghissima, appassionante, incredibile **AVVENTURA** alla ricerca di qualcosa che Nicky, in realtà... aveva sempre avuto con sé!
Luisa diede a Nicky la *preziosa* ricetta: – Fa' cuocere il medaglione! Ne basterà un pezzettino in cinquanta litri d'**acqua!** Lascialo bollire a fuoco lento per tre ore. Puoi anche metterci un pizzico di sale! Alle pecore piace!

Nicky avrebbe voluto rimettersi subito in *VIAGGIO*.

Ma, proprio in quell'istante, si udì nella caverna un grido disperato.

S.O.S

Quel testadura di Mac Cardigan!

Ma che cosa era successo?! Di chi era quel-l'urlo?

Era di Mortimer Mac Cardigan!

Facciamo un passo indietro: avevamo lasciato Mac Cardigan addormentato ai piedi della montagna, all'ombra di una roccia...

Il grande caldo e la stanchezza avevano vinto ogni sua resistenza.

Dormì molto **PROFONDAMENTE** e sognò di essere il più grande allevatore di tutta l'Australia.

Anzi, del MONDO!

Migliaia, milioni, miliardi di pecore tutte intorno a lui!

Ma a Mortimer Mac Cardigan, dormire tanto profondamente faceva uno strano effetto! Infatti diventava **sonnambulo!**

Mortimer si era alzato e aveva cominciato a risalire un **COSTONE** di roccia, con gli occhi completamente chiusi!

Intanto, si era fatto buio.

Mortimer, tenendo gli occhi chiusi, muoveva

un passo dopo l'altro. Avanzava su uno stretto sentiero, tenendo le braccia tese in avanti. E sempre con gli occhi chiusi aveva centrato con la zucca uno spuntone di ROCCIA.

– *Ahìcheddolore!*

Risvegliandosi di soprassalto, si era aggrappato a un cespuglio SPINOSISSIMO.

– *Ahìcheddoloretremendo!*

Era caduto nel crepaccio ululando.

– *Ahìcheddoloretremendissimo!* AIUTO!

Ecco com'era andata! Ecco di chi era l'urlo che avevano sentito le TEA SISTERS e gli anziani nella caverna!

Ma a quell'urlo accorse allarmatissimo anche Bob Mac Cardigan, che di nascosto aveva seguito le Tea Sisters fino a quel momento!

Cinque collane speciali

Bob, che si era affacciato alla caverna dove si trovavano le Tea Sisters, si avvicinò a Nicky: – Hai ragione a essere arrabbiata! Mio padre non è stato corretto con te! Ma ti prego, in nome della nostra vecchia amicizia, aiutami a tirarlo fuori dal crepaccio!

Senza pensarci un attimo, Nicky afferrò una fune e guardò i tre aborigeni, Bopa, Napa e Luisa. Chiedeva in silenzio la loro approvazione. I tre SAGGI sorrisero compiaciuti. Bopa sussurrò: – Che ragazza GENEROSA!

Napa aggiunse: – Bella, buona e generosa!

Luisa concluse: – Beato chi se la *sposa!*

Raggiungere Mac Cardigan fu semplice. La cosa più **difficile** fu convincerlo a farsi aiutare da Nicky!

Ma alla fine per fortuna Mac Cardigan si aggrappò alla fune con tutte le **FORZE**, e uscì dal crepaccio.

Mortimer e Bob si abbracciarono un po' impacciati.

Chissà, magari Mortimer aveva capito la lezione?

Alla fine tutti tornarono alla grotta sani e

salvi. Era giunto il momento dei saluti.
I saggi donarono alle **TEA SISTERS** cinque collane speciali, segno di eterna amicizia.
Bob e Mortimer, dal canto loro, promisero di non rivelare a nessuno il passaggio segreto per arrivare alla grotta degli anziani.
Bopa, Napa e Luisa salutarono le ragazze con molto *affetto.* Luisa si avvicinò a *Nicky* e la abbracciò: – Ora va', piccola. Le tue pecore hanno bisogno di te! Sei una ragazza davvero coraggiosa! E hai delle amiche davvero speciali, che **ti vogliono bene!** Conservate per sempre questa meravigliosa amicizia!

Nicky strinse forte Luisa e la ringraziò. Ora poteva tornare a casa!

Una rosa per Nicky!

Il 'bollito di medaglione' funzionò alla perfezione. Le pecore lo gradirono moltissimo!
E dopo alcuni giorni, la lana ricominciò a crescere più folta di prima.
LA FATTORIA ERA SALVA!
Le pecore potevano partecipare alla Grande Tosatura e Naya avrebbe potuto vendere la lana!
Le TEA SISTERS raccontarono a Naya della loro impresa. La tata volle conoscere ogni dettaglio della visita a Nepaburra e dell'incontro con gli ANZIANI della tribù.
Nicky parlò al telefono con i suoi genitori, che ormai erano sulla STRADA del ritorno. Suo

padre e sua madre erano impazienti di rivedere la loro ragazza e conoscere le sue straordinarie amiche!

Naya abbracciò Nicky tenendola stretta stretta: – Sono *orgogliosa* di te!

– Tutto merito del tuo medaglione, NAYA! – rispose Nicky porgendole la collana.

Naya scosse la testa sorridendo: – Il tuo medaglione, vorrai dire! Questo ora ti appartiene, piccola mia! Te lo sei meritato!

A Nicky si riempirono gli occhi di lacrime.

Un evento del genere meritava di essere festeggiato! Così Naya organizzò una festa con tante cose buone da mangiare. Chiamò anche un'orchestra, i **Topi del Deserto!**

C'erano proprio tutti: il dottor Ted, Lilly e Mitch, Billy con il suo camper a *fiori!*

Violet si esibì suonando il violino, mentre Pamela l'accompagnò con i legni ritmici. Paulina cantò una canzone in spagnolo, men-

LA GRANDE FESTA ALLA FATTORIA!

Violet suonò il violino.

Pamela l'accompagnò
con i legni ritmici.

Colette fece
la seconda voce.

Paulina cantò
in spagnolo.

Nicky si esibì
a cavallo!

tre Colette faceva la seconda voce. Per finire, Nicky si esibì in una serie di figure acrobatiche in sella a Stella, la sua cavalla.

Fu davvero uno spettacolo coi **baffi!**

Tutti applaudirono fino a spellarsi le zampe!

Ma a un certo punto, a mezzanotte, si sentì un aereo sorvolare la fattoria. Era vicino, sempre più vicino.

Era l'aereo di Mortimer Mac Cardigan!

Mac Cardigan lasciò CADERE un bidone appeso a un paracadute.

Nicky impallidì: – Possibile che... di nuovo?!

I Topi del Deserto!

Il bidone toccò terra dolcemente, poi **ROTOLÒ** davanti al palco dell'orchestra.

I **Topi del Deserto** smisero di suonare. Ci fu un istante di silenzio carico di **tensione**.

Nicky andò a controllare. Attaccato al bidone c'era un biglietto di Mortimer Mac Cardigan!

'*Cara Nicky, mi dispiace di aver cercato di danneggiare la tua fattoria. La verità è che ero invidioso delle vostre pecore! Ma ora ho capito che ho sbagliato! Accetta questo regalo per la vostra festa danzante! Potrai mai perdonarmi?*'

Nicky sorrise e annusò il contenuto

del bidone: era succo di mele! Uno scoppio di risate e di applausi accolse quella scoperta.
Ma attaccata al bidone c'era anche una rosa rossa, con un biglietto: 'Da Bob per Nicky'.
Quella rosa era come una promessa.
Nicky l'annusò arrossendo. Chissà, magari un giorno...
Ma non c'era tempo per altri pensieri, perché l'orchestra riprese a suonare.
Così tra canti e balli, si concluse la stratopica avventura australiana delle **TEA SISTERS!**

Un'**AVVENTURA** che non avrebbero mai dimenticato.

Un'avventura che aveva cementato ancora di più la loro **incredibile amicizia!**

Il giorno dopo sarebbero dovute ripartire per il **COLLEGE DI TOPFORD**.

Dovevano studiare e fare gli esami.

Magari avrebbero avuto altri problemi da risolvere, altre difficoltà.

Ma loro non avevano paura di nulla, perché erano insieme. Perché erano amiche!

Molto più che amiche. Sorelle!

ABORIGENI UNA STORIA LUNGA 40.000 ANNI

Gli **aborigeni** sono presenti in Australia da più di 40.000 anni. All'arrivo dei primi esploratori europei, in Australia c'erano 250 clan che utilizzavano oltre 600 dialetti. Tra questi gruppi c'erano forti legami e spesso si riunivano per feste e celebrazioni. Il mondo degli aborigeni è un mondo complesso, in cui le persone e la natura sono uniti strettamente.
Ecco alcuni esempi del pensiero aborigeno attraverso le parole dei tre saggi della montagna parlante:

Bopa sussurra:
'Noi non siamo proprietari della Terra. La Terra è la nostra madre. La Terra è il nostro cibo, il nostro spirito e la nostra identità.'

Napa aggiunge:
'Noi non abbiamo confini o recinzioni. Noi siamo la Terra, come lei è parte di noi.'

'Gli Antenati hanno viaggiato attraverso la Terra e nei loro viaggi hanno creato le montagne, gli alberi, le pozze d'acqua, le dune, gli uccelli, gli animali e tutti gli esseri viventi.
Stanchi di tutti questi sforzi, gli Antenati si sono riaddormentati, diventando rocce o alberi o altro ancora. E questi sono diventati luoghi sacri.'

I **luoghi sacri** (il monte Uluru è uno di questi) hanno significati speciali per tutti i clan. Ogni luogo viene 'cantato', cioè descritto attraverso dei canti, affinché rimanga vivo per sempre.

I SEGRETI DELL'ARTE ABORIGENA!

Le pitture rupestri spesso illustrano la storia della Creazione o le storie del 'Popolo del Sogno' (così gli aborigeni chiamano se stessi), che da oltre 40.000 anni 'cammina sulla Terra attraverso il respiro dei suoi Antenati'.

Gli artisti aborigeni usavano pennelli ricavati da legnetti. Li masticavano fino a sfilacciare l'estremità. Utilizzavano anche peli di animale o piume, legati a un'impugnatura. A volte l'artista stendeva il colore con le dita. Pezzi di carbone o di argilla indurita servivano come matita.

L'arte in stile 'raggi x' è la forma di pittura aborigena più conosciuta. Questa mostra l'aspetto esterno delle creature ritratte, ma anche gli organi interni e lo scheletro. Ogni figura è estremamente dettagliata. Gli aborigeni conoscono davvero bene l'anatomia!

Vita nel deserto

Le spie dell'acqua

Gli aborigeni sono abituati a vivere in condizioni estreme. Nel corso dei millenni hanno imparato a conoscere la natura e i suoi segreti.
Per esempio, gli insetti sono degli ottimi 'suggeritori' per scoprire una riserva d'acqua nascosta: api, formiche e mosche non vivono mai troppo distanti da questa. Serpenti e uccelli invece, bevendo poco, non sono buoni indicatori.

La pianta milleusi

La XANTHORRHOEA: i suoi fiori sono ricchi di nettare, le foglie tenere sono commestibili e la sua resina è una supercolla.

Velenosi ma squisiti!

Prima di poter essere utilizzati, i semi del burrawang vengono schiacciati e poi lavati per settimane, per eliminare il veleno contenuto. Dalla loro macinatura si ottiene della farina, ottima per il pane.

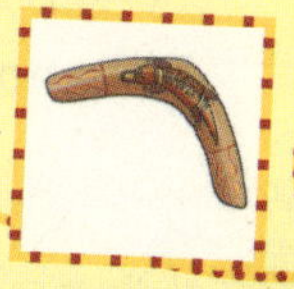

CHIEDI AIUTO A UN ADULTO PRIMA DI CUCINARE!

BISCOTTI ALLE NOCI DI MACADAMIA

Scoperta nel 1828 nella regione australiana del Queensland, la noce di macadamia è un frutto gustoso e nutriente, perfetto per dolci e gelati. Ecco una ricetta facile facile per preparare degli ottimi biscotti!

INGREDIENTI

Ingredienti:

* 250 grammi di burro
* mezza tazza di zucchero
* 1 tazza e mezza di farina
* 1 cucchiaino da tè di essenza di vaniglia
* 1 tazza e mezza di noce di cocco essiccata a scaglie
* 65 grammi di noci di macadamia tritate

Preparazione:

Unisci il burro allo zucchero fino ad avere un impasto morbido. Aggiungi le noci tritate, la farina, la vaniglia e mescola bene. Con l'impasto crea i tuoi biscotti dando loro la forma che preferisci. Disponili su una teglia ben imburrata, quindi spolverali di noce di cocco.
Accendi il forno e quando avrà raggiunto la temperatura di 180 °C inforna i biscotti. Lasciali cuocere per quindici minuti, finché non saranno dorati. Aspetta che si raffreddino... e buon appetito!

DIARIO a dieci zampe!

IL MIO CONSIGLIO:

'SE HAI PAURA DEGLI INSETTI,
IMPARA A CONOSCERLI...
E A RICONOSCERLI!'

Piccolo suggerimento: tutti gli insetti hanno 6 zampe! Il loro corpo è sempre diviso in tre parti: il capo, il torace e l'addome. Inoltre, molti insetti possono volare grazie alle ali di cui sono provvisti.

BRRRRRRRRRR!

Mi fanno paura tutti!

Anzi no... la farfalla è bella!

Gioca con me!

Quali tra questi animali sono insetti? Aiutaci a scoprirlo!

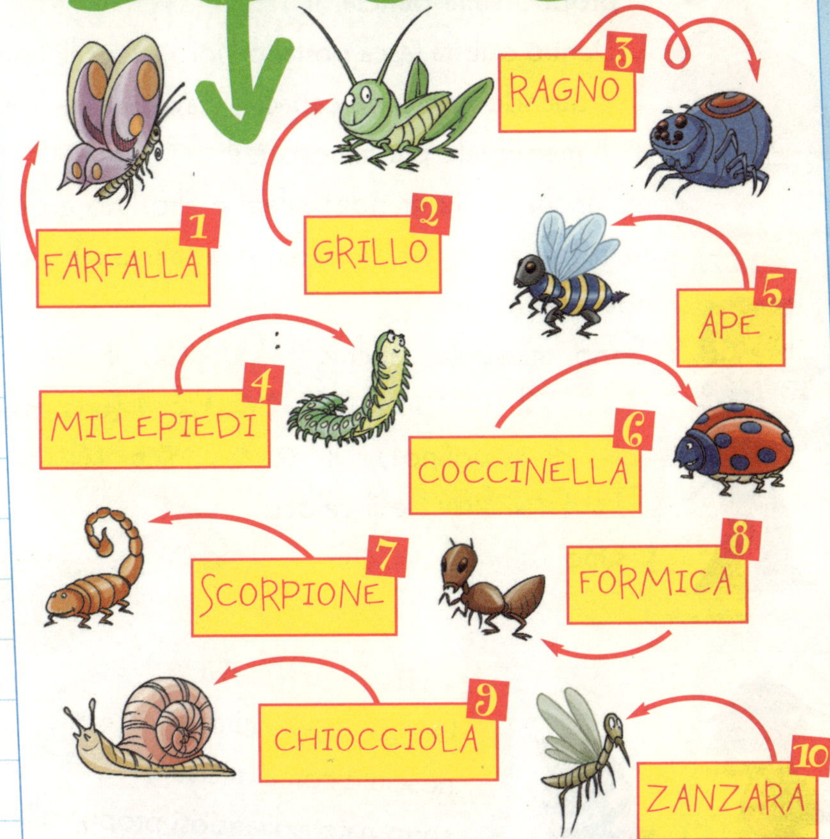

SOLUZIONE:

1. SÌ; 2. SÌ; 3. NO, IL RAGNO È UN ARACNIDE E, COME TUTTI GLI ANIMALI DI QUESTA FAMIGLIA, HA OTTO ZAMPE; 4. NO, IL MILLEPIEDI È UN MIRIAPODE, CHE SIGNIFICA CHE HA TANTISSIME ZAMPE; 5. SÌ; 6. SÌ; 7. NO, LO SCORPIONE HA OTTO ZAMPE ED È UN ARACNIDE, PROPRIO COME IL RAGNO; 8. SÌ; 9. NO, LA CHIOCCIOLA È UN MOLLUSCO TERRESTRE; 10. SÌ.

I marsupiali

L'Australia è il paese dei *marsupiali*.

I marsupiali sono degli animali (della grande famiglia dei 'mammiferi'), con una caratteristica particolare: le femmine hanno una 'tasca' proprio sulla pancia, il *marsupio*!

Dentro questa tasca portano i loro cuccioli, fino a quando non sono capaci di cavarsela da soli.

Il marsupiale più famoso è il *canguro*.

È anche il più grande: infatti è alto fino a due metri (senza contare la coda) e fa salti lunghi ben nove metri!

SONO TUTTI MARSUPI!

Sono marsupiali anche il *koala*, il *wallaby*, il *wombat*, l'*opossum* (una specie di topolino!), il *diavolo della Tasmania* e il velocissimo *bandicoot*.

UNA BUONA IDEA!

Le borse portatutto conosciute come 'marsupi' sono nate ispirandosi proprio alla tasca dei marsupiali!

Nicky

TEST!

E tu di che borsa sei?

efficiente

AFFETTUOSA

AVVENTUROSA

Sofisticata

SPENSIERATA

Anche nella scelta della borsa le Tea Sisters rivelano la propria personalità. Osservale bene: tu quale borsa sceglieresti? Volta pagina e scopri... 'Di che borsa sei'!

Colette

Risposte al test 'E tu di che borsa sei?'

Adori le borsette minuscole, elegantissime, dove entra solo lo stretto indispensabile? (un lucidalabbra, secondo Colette...). Allora sei elegante e *sofisticata* proprio come lei!

Ami portarti dietro l'essenziale e trovarlo al primo colpo, sempre al posto giusto dentro la tua borsa? Allora sei davvero efficiente ed affidabile come la nostra Violet.

Pamela vuole pantaloni pieni di tasche per non avere le mani occupate. Le sue borse sono pratiche ed eleganti! Hai scelto la borsa C? Sei SPENSIERATA e sbadata proprio come lei!

Hai scelto la sacca? La borsa è la tua 'piccola casa portatile'... dove non trovi mai nulla? Allora sei come Paulina: AFFETTUOSA ma un po' pasticciona!

Hai una passione per gli zaini? Sei come Nicky, sportiva e **AVVENTUROSA**! Con te anche una piccola passeggiata può diventare un'esperienza emozionante.

RICETTA CONTRO LA NOSTALGIA!

Crema alla pesca e macadamia*

Ingredienti: (per 6 persone... o 5 golosone!)

1 tazza di noci macadamia (se non le trovi puoi usare delle semplici noci) tritate; 1 tazza di ricotta; 250 g di pesche; 1 cucchiaino di vaniglia; 2 cucchiai di zucchero; 3 pesche fresche o conservate (da utilizzare per la guarnizione).

PER QUESTA RICETTA CHIEDI L'AIUTO DI UN ADULTO!

Preparazione: frulla insieme ricotta, i 250 g di pesche, vaniglia e zucchero. È meglio se usi la frusta elettrica. Amalgama tutto con cura, fino a ottenere una crema densa. In 6 (oppure 5) bicchieri metti uno strato di pesche, la crema e infine guarnisci con le noci macadamia (oppure le noci) tritate.

* La macadamia, conosciuta anche come noce del bush o noce Baphal, è una noce tipica dell'Australia.

Cara Nicky, quando hai nostalgia di casa, consolati col tuo dolce preferito. Ogni boccone ti regalerà un sorriso...

CARA MARIA, SORELLINA MIA...

oggi ho realizzato uno dei sogni della mia vita, ho tenuto in braccio nientetopodimenoché...UN KOALA!

Eravamo in un boschetto di eucalipti, quando abbiamo sentito degli strani rumori. Ci siamo guardate attorno e abbiamo visto questo piccolo koala. Poverino!

Era caduto in una buca profonda e non riusciva più a venire fuori!

L'ho subito raccolto! Era così dolce! Lo tenevo in braccio e lui tremava un po'.

Più tardi, l'abbiamo rivisto su un albero. Con le zampine si teneva stretto stretto a un altro koala più grande. Era la sua mamma!

Quel piccolo tenero koala, mi ha fatto venire in mente te, ricottina mia!

Ti voglio tanto, tanto, tanto bene...

la tua

PAULINA

Per mille bielle sbiellate...

che posto incredibile è l'Australia! Un paese da Superwow! È così strano che a volte mi pare quasi di trovarmi su un altro pianeta, pieno di piante e di animali che non si trovano in nessun altro posto al mondo! L'altra sera, per esempio...

Dopo una giornata intera sotto un sole che friggeva le orecchie, finalmente ci siamo fermate sulla riva di un fiume. Che meraviglia! Due salti e... HOP! mi sono tuffata. L'acqua fresca mi ha rimesso in sesto il motore, ma all'improvviso:

– SQUIIIT! Aiuto! QUALCOSA mi ha sfiorato la zampa!

Già, ma 'qualcosa' COSA? Aveva il becco come un'anatra e la coda di un castoro! Che roba è?

Pamela

Animali australiani strani...

L'ornitorinco

Lunghezza: 40/50 cm
Peso: tra uno e due kg
Lunghezza del becco: 5,5 cm

L'animale più bizzarro che ci sia!

Ha il becco e i piedi palmati, come le papere. Però ha grandi unghie, come le talpe!

Scava tane lunghe anche 18 metri.

I maschi hanno due "speroni" velenosi dietro le zampe.

Nuota benissimo; mangia insetti (BLEAH!), piccoli pesci, rane e girini.

Ha la coda come quella di un castoro! Mangia tuberi, bulbi, radici, mais, frutta, corteccia.

È un mammifero e allatta i suoi cuccioli. Però depone le uova come gli uccelli e i rettili. (Che abbia fatto un po' di confusione?)

L'ornitorinco vive lungo la costa est dell'Australia e in Tasmania, vicino a laghi, fiumi e torrenti.

... anzi di piú!

Il koala non beve quasi mai, perché le foglie di eucalipto che mangia gli danno tutta l'acqua di cui ha bisogno.

Vivendo sugli alberi di eucalipto, i koala profumano come... pastiglie per la tosse. Infatti l'olio essenziale di eucalipto è molto usato in medicina. È forse anche per il suo odore che nel morbido pelo dei koala non si trovano parassiti.

Il kookaburra è il più grande tra gli uccelli della famiglia dei 'martin pescatori', eppure vive in ambienti aridi, lontano dall'acqua. Quando si lancia dal ramo lo fa per prendere insetti, lucertole, serpenti, roditori... ma niente pesci!

L'emù è l'uccello più grande dopo lo struzzo. Quando corre può raggiungere anche i 50 km l'ora. Le uova vengono covate dal maschio e sono di uno splendido colore verde smeraldo!

La cameretta di Nicky

Alle Tea Sisters la mia stanza è piaciuta un mondo. Qui conservo tutti i miei ricordi e le cose preferite. Lo sai perché nella mia stanza ci sono due letti? Viste le grandi distanze del territorio australiano, se una mia amica viene a trovarmi, capita spesso che si trattenga per qualche giorno. E io sono sempre ben felice di ospitarla.

UNA SOFFITTA SPAZIALE!

Vecchi zaini, scarpe da ginnastica tutte consumate e scarponi da trekking irriconoscibili: quando la mia attrezzatura sportiva è da rottamare non riesco a buttare via neppure un laccio! Per fortuna al ranch abbiamo una soffitta spaziale e tutte le mie vecchie cose finiscono lì, dentro delle grandi scatole colorate.
Papà, mamma e Naya non sono d'accordo... ma che posso farci se sono una sentimentale?

Nicky

POLLICE VERDE

Il giardino di Nicky

La cosa di Nicky che mi è piaciuta di più non si trova in camera sua, ma nella veranda. È uno splendido piccolo giardino fatto tutto di germogli!

Prendi una patata bella grossa. Fai dei buchetti vicini vicini su metà patata. Infila in ogni buchetto un seme di crescione. In breve tempo spunteranno dei germogli, simili a capelli verdi. Dipingi occhi, naso e bocca sotto i 'capelli' e il gioco è fatto! Se trovi patate con dei bitorzoli, puoi fare tante facce buffe dai grossi nasi!

Stendi un panno bagnato sul davanzale (di flanella, cotone o lino; va bene anche la carta assorbente). Ora disponi i semi (lenticchie o crescione andranno benissimo) così da formare una scritta (il tuo nome, per esempio). Ricordati che il panno deve essere sempre umido, ma non troppo bagnato... e tieni lontani i passerotti!

Metti qualche seme di lenticchia in un vasetto con acqua. I semi germineranno molto presto, assumendo forme strane e buffe.

SPORT

EVVIVA IL SURF!

L'Australia è una delle destinazioni preferite per gli amanti del surf. Il **SURF** è uno sport inventato dagli indigeni della Polinesia (un gruppo di isole dell'Oceano Pacifico). Il primo europeo a parlarne fu l'esploratore inglese *James Cook*. Cook, nel 1777, vide alcuni indigeni delle isole Hawaii scivolare sull'acqua, in piedi, in equilibrio su lunghe assi di legno. Con queste assi, i surfisti più bravi riescono a 'cavalcare' onde altissime!

Le ***TAVOLE DA SURF*** variano di misura partendo da 1,80 metri fino a superare i 3 metri. La scelta della tavola dipende dall'altezza delle onde che si dovranno affrontare e dalle capacità del surfista. Per il principiante si consiglia una tavola abbastanza grande, la cui galleggiabilità gli consenta di risalire in piedi facilmente.

Per non scivolare, sulla tavola si spalma una cera chiamata 'paraffina'.

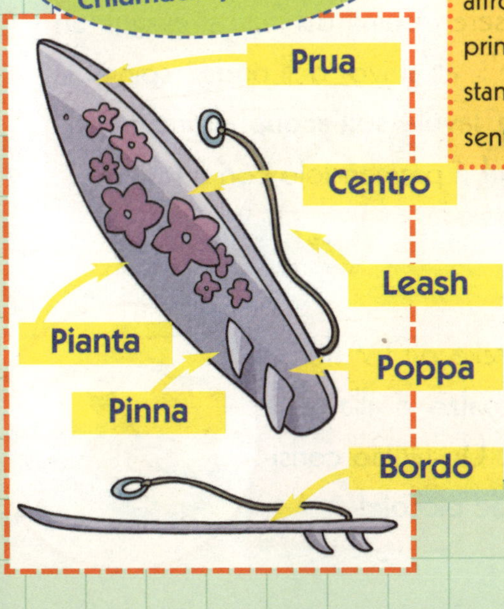

Il leash è il laccetto in lattice che lega la tavola alla caviglia del surfista. Così, se cade, la tavola non viene trascinata lontano dalle onde. Il laccetto legato alla caviglia destra indica il surfista esperto; se si trova sulla caviglia sinistra indica invece il principiante.

A cavallo sulle onde!

Il surf è uno sport impegnativo che richiede buona preparazione fisica... e tanta prudenza. Ecco le regole essenziali da seguire per riuscire a restare in piedi sulla tua tavola!

Per entrare in mare sdraiati sul surf a pancia in giù con le gambe unite: con le mani a paletta rema allontanandoti dalla riva. È un po' faticoso, quindi bisogna allenare i muscoli delle braccia!

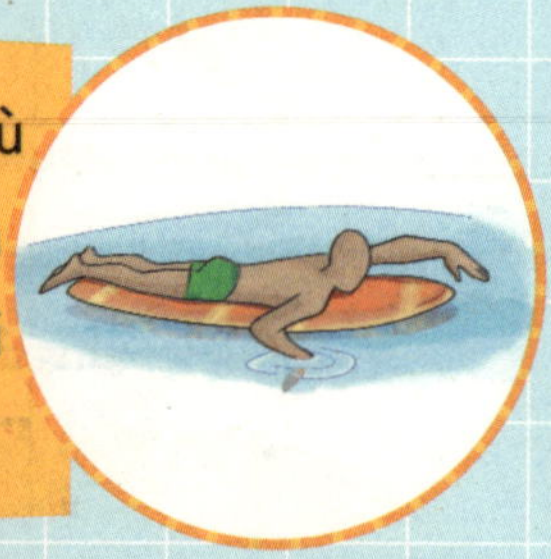

Per non essere respinti dai flutti si esegue un 'duck dive': all'arrivo dell'onda, spingi la punta della tavola sott'acqua affondando il retro del surf e premendolo con un piede.

Ecco l'onda giusta: è ora di un 'take off'! Afferra i bordi del surf. Sollevati con un balzo e allarga le braccia per mantenere l'equilibrio. Un ultimo consiglio: per iniziare scegli sempre onde piccole!

GIOCO

Il tappeto di Naya

Sembra un SUDOKU invece è il tappeto che Naya sta facendo per me! Aiutala a inserire i disegni mancanti, ma ricorda che ogni riquadro, ogni riga e ogni colonna deve contenere TUTTI i 6 disegni e nessuno dev'essere ripetuto.

Vedi soluzione a pagina 212.

Il SUDOKU è un gioco che viene dal Giappone. Il nome è formato da due parole: SU che significa numero e DOKU che significa unico. Normalmente, la griglia è formata da 9 righe e 9 colonne e si usano i numeri da 1 a 9. Il SUDOKU, però, deriva da un gioco molto più antico, chiamato 'quadrato latino' e inventato nel XVIII secolo da un genio della matematica: Leonardo Eulero.

L'ARRAMPICATA

1) vestiti comodi - 2) moschettone - 3) polvere di magnesio (serve per non fare sudare le mani e quindi a non farle scivolare sulla roccia) - 4) scarpette da arrampicata - 5) fune di sicurezza - 6) imbragatura - 7) caschetto

Le regole della montagna!

Per andare in montagna, come ho fatto insieme alle mie amiche, che cosa occorre e quali regole bisogna seguire? Ecco sette consigli d'oro!

1. Non partite mai da soli!
2. Informate parenti e amici sul percorso che intendete fare e dove volete arrivare.
3. Scegliete con attenzione le attrezzature e l'abbigliamento. Soprattutto indossate scarponcini comodi, che diano una buona presa sul terreno: niente scarpe da tennis, niente sandali e mai e poi mai tacchi alti (capito, Colette?)
4. Studiate bene il percorso:
   - quanto tempo ci vuole per andare e tornare?
   - che difficoltà ci sono? Siete in grado di affrontarle?
   - quali sono le condizioni del tempo? Se è prevista pioggia, rimandate!
5. Per affrontare salite molto impegnative è sempre meglio farsi accompagnare da una guida del luogo.
6. Fermatevi spesso, non aspettate di sentirvi stanchi; se non ce la fate più, tornate indietro.
7. Portatevi: acqua, barrette di cibo energetico, torcia elettrica, cerotti, salviettine disinfettanti e un telefono cellulare con la batteria carica!

TEST!

Quanti nuovi amici abbiamo incontrato in Australia!
Qual è il tuo preferito?

Ted: il dinamico

Billy: il simpatico

Mitch: il protettivo

Bob: il timido romantico

Mortimer Mac Cardigan: il... lasciamo perdere!

BILLY

Hai scelto quel simpaticone di Billy? Sei allegra e spensierata e desideri avere accanto a te persone che sappiano divertirti senza troppe complicazioni.

TED

Hai scelto il dottor Ted? Sei una persona impegnata e altruista. Dagli amici cerchi rapporti sinceri… ma non li vuoi sempre tra i piedi.

MITCH

Hai scelto Mitch, l'affascinante guardiaparco? Sei sincera e riflessiva. Non diventi facilmente amica di qualcuno, ma quando lo fai allora è per sempre.

BOB

Hai scelto il timido Bob? Sei tenera e protettiva. Non badi alla prima impressione, cerchi di conoscere bene le persone prima di concedere loro la tua amicizia.

MORTIMER

Hai scelto Mac Cardigan? Sei prorio sicura? Allora sei un'inguaribile ottimista, che trova per forza qualcosa di buono in chiunque le stia vicino. Brava!

Ancora avventure!

Cammelli in Australia?

Credevo di avere un'*allucinazione*.

'Calmati e fatti uno shampoo, Colette!' mi sono detta, e invece... erano proprio cammelli veri con tanto di cammelliere! Potevo lasciarmi sfuggire una simile occasione?

Al ritorno non ero così pimpante. Avevo lo stomaco sottosopra. Il cammello è detto 'la nave del deserto' e ora ho capito perché: a salirci in sella viene il mal di mare!

Il cammello è stato introdotto in Australia dall'Afghanistan, alla fine dell'Ottocento. Era indispensabile per portare le merci nel deserto, perché non c'erano ancora né treni né camion. Una volta introdotti i nuovi mezzi di trasporto, i cammelli sono stati lasciati liberi. In Australia si trovano benissimo e oggi ce ne sono 500.000 in tutto il paese!

Maimaiepoimai!

Colette

Bellezza: Colette consiglia!

È dura la vita per i capelli in Australia! Sole e vento li sfibrano. Se poi fate un tuffo nel billabong, come è successo a me, allora sì che sono guai!
Lilly, però, ha i capelli lucidissimi. *'Come farà?'* mi sono chiesta. Ebbene, Lilly mi ha svelato il suo segreto: cuoce la polpa del **GARLIWIRRI** e poi se la spalma sui capelli. Il **GARLIWIRRI** è una radice e ho scoperto che la sua polpa morbida cruda è ottima anche come gomma da masticare.

Ricettine facili facili

Per schiarire i capelli: preparate un litro di camomilla concentrata (fatevi aiutare da un adulto!); aggiungete il succo di un limone e usate il liquido, tiepido, per bagnare i capelli. Infine, fateli asciugare possibilmente al sole. La camomilla schiarisce i capelli castani e dona riflessi dorati ai capelli biondi.
Per dare riflessi rossi ai capelli scuri: dopo lo shampoo sciacquate i capelli con tè nero concentrato. Un po' di aceto nell'acqua dell'ultimo risciacquo, inoltre, li rende lucidissimi. Ma attente agli occhi!

FAI DA TE!

Ricorda con un fiore!

Sapevate che la mimosa (il suo nome latino è Acacia Dealbata) è originaria dell'Australia? Ne ho raccolto un rametto per ricordo e l'ho chiuso tra le pagine di un libro. Quando sarà secco, lo userò per decorare una fotografia di questo viaggio.

Nei negozi di bricolage si trovano delle presse apposite per schiacciare ed essiccare fiori e foglie. Però, va benissimo anche chiuderli tra le pagine di un grosso libro (meglio se tra due fogli di carta assorbente, così il libro non verrà macchiato), oppure tra fogli di giornale con sopra qualcosa di pesante. Quando saranno ben secchi, basterà un po' di colla e potrai usarli per decorare bigliettini, segnalibro, foto e tutto quello che inventerà la tua fantasia!

RICETTA

Merenda australiana

Volete stupire i vostri amici con una merenda australiana? La mia cara tata Naya mi ha svelato il segreto della sua supertorta al formaggio!

Ricorda: per cucinare fatti sempre aiutare da un adulto!

TORTA AL FORMAGGIO CON SPIEDINI

Ingredienti:

Per la torta: 500 g di farina; 1/2 tazza di noci macadamia (o semplici noci) a pezzi non troppo piccoli; 2 uova; 125 g di burro; 150 g di formaggi stagionati grattugiati; latte; lievito in bustina per pizze.

Per gli spiedini: taglia a dadini formaggio e frutta tropicale.

Preparazione:

Sbatti le uova, aggiungi burro fuso, farina, formaggio grattugiato, noci e il latte necessario per un impasto cremoso. Sciogli il lievito in 1/2 bicchiere di latte e uniscilo all'impasto. Versa tutto in una teglia già imburrata e spolverata di farina. Riscalda il forno a temperatura media e cuoci tutto per 1 ora circa. Nel frattempo, prepara gli spiedini. Quando la torta si sarà raffreddata, infilzaci sopra gli spiedini: ora il piatto è pronto per essere servito!

TEST! SEI... UNA VERA AMICA?

PARTENZA

Come ti senti quando sei con le tue amiche?

A. Più forte
B. Più allegra

(A → Per un'amica sei disposta a fare una grossa rinuncia?; B → Ti senti amica allo stesso modo con tutte?)

Per un'amica sei disposta a fare una grossa rinuncia?

A. Sì, ma cerco di non subire troppi danni
B. Sì, qualunque cosa

Ti senti amica allo stesso modo con tutte?

A. Ho un'amica speciale, ma voglio bene anche alle altre
B. Nessuna differenza

(B → Profilo 1)

Profilo 1

Sei una buona amica, sempre allegra e disponibile. Attenta, però, a non deludere e a non essere delusa: l'amicizia è molto più che divertirsi.

Profilo 2

L'amicizia è un sentimento molto importante per te. Sforzati di conoscere più a fondo le tue amiche: il vostro legame ne guadagnerà.

... segui le tracce e scoprilo insieme alle Tea Sisters!

Le tue amiche si confidano con te?

A. Sono la loro confidente preferita
B. Non c'è nessun segreto tra di noi

A
B

Se un'amica tradisce la tua fiducia:

A. Ci resti male, ma le dai un'altra possibilità
B. La perdoni comunque

A
B

Se in un momento importante un'amica ti delude:

A. Pensi che anche le delusioni aiutano a conoscersi meglio e a far crescere l'amicizia
B. Non ci dai troppo peso

B
A

Profilo 3

La tua amicizia è come te, saggia ed equilibrata. Fortunate quelle che possono contare su di te. Ricorda però di ascoltare anche il cuore, non solo la ragione.

Soluzioni!

il tappeto di Naya

ECCO LA SOLUZIONE DEL GIOCO DI PAGINA 201. IL MIO TAPPETO È COMPLETO!

IL LABIRINTO pag. 158

AMICHE DI PENNA!

Vuoi scrivere alle TEA SISTERS?

Vuoi scrivere a Pamela, Paulina, Nicky, Violet e Colette?
Vuoi raccontare le tue avventure da giovane Tea Sisters?
Allora prendi carta e penna e segnati questo indirizzo:

LA POSTA DELLE TEA SISTERS
via Telesio, 25
20145 Milano

A prestissimo!

TEA SISTERS!

INDICE

Libri da leggere e libri da scrivere! 13

Una telefonata dall'Australia 18

Si parte! 22

Manca molto? Quando si arriva? 26

Solo 400 chilometri! 28

Finalmente a casa! 32

Una strana malattia 39

Un aereo misterioso... 43

Ma che farabutto! 49

Nella terra degli antenati 54

Ted il medico volante! 61

Doveva essere un viaggio tranquillo... 69

Tic tic Ciaf ciaf Splash splash! 73

Che cos'è un billabong? 80

Tuttotuttotutto per l'avventura! 85
Il rosa è il mio colore preferito! 88
Tra l'acqua e il cielo 91
Ahicheddolore! 97
La più elegante del gran ballo! 101
Un trattamento... specia aale! 114
Abbiamo troppo, troppo, troppo sonno! 119
Benvenuti a Nepaburra! 123
Una misteriosa indicazione 130
Di nuovo in viaggio! 135
Come una mozzarella nel forno! 141
La montagna di fuoco! 143
Una questione di... coda! 150
La montagna dentro la montagna 155
Quel testadura di Mac Cardigan! 166
Cinque collane speciali 169
Una rosa per Nicky! 172
Aborigeni... 179
Diario a dieci zampe! 185

Nella prossima avventura...

LA CITTÀ SEGRETA

Per aiutare un vecchio amico in difficoltà,
Paulina deve partire improvvisamente per il Perú...
ma le Tea Sisters saranno al suo fianco, per affrontare
tutte insieme una nuova, incredibile avventura.
Alla ricerca di un archeologo in pericolo, le cinque
amiche raggiungeranno l'antica Machu Picchu sfidando vette inaccessibili, uno spaventoso condor gigante
e una banda di fuorilegge pronti a tutto per impadronirsi del segreto della Città Perduta degli Incas.

STORIE DA RIDERE
di *Geronimo Stilton*

1. Il misterioso manoscritto di Nostratopus
2. Un camper color formaggio
3. Giù le zampe, faccia di fontina!
4. Il mistero del tesoro scomparso
5. Il fantasma del metrò
6. Quattro topi nella Giungla Nera
7. Il mistero dell'occhio di smeraldo
8. Il galeone dei Gatti Pirati
9. Una granita di mosche per il Conte
10. Il sorriso di Monna Topisa
11. Tutta colpa di un caffè con panna
12. Il mio nome è Stilton, Geronimo Stilton
13. Un assurdo weekend per Geronimo
14. Benvenuti a Rocca Taccagna
15. L'amore è come il formaggio...
16. Il castello di Zampaciccia Zanzamiao
17. L'hai voluta la vacanza, Stilton?
18. Ci tengo alla pelliccia, io!
19. Attenti ai baffi... arriva Topigoni!
20. Il mistero della piramide di formaggio
21. È Natale, Stilton!
22. Per mille mozzarelle... ho vinto al Tototopo!
23. Il segreto della Famiglia Tenebrax
24. Quella stratopica vacanza alla pensione Mirasorci...
25. La più grande gara di barzellette del mondo
26. Halloween... che fifa felina!
27. Un vero gentiltopo non fa... spuzzette!
28. Il libro-valigetta giochi da viaggio
29. L'isola del tesoro fantasma
30. Il Tempio del Rubino di Fuoco
31. La maratona più pazza del mondo!
32. Il libro dei giochi delle vacanze

33. Il misterioso ladro di formaggi
34. Uno stratopico giorno... da campione!
35. Quattro topi nel Far West!
36. In campeggio alle Cascate del Niagara
37. Ahi ahi ahi, sono nei guai!
38. La vita è un rodeo!
39. La Valle degli Scheletri Giganti
40. È arrivata Patty Spring!
41. Salviamo la balena bianca!
42. Lo strano caso della Pantegana Puzzona
43. Lo strano caso dei Giochi Olimpici
44. Ritorno a Rocca Taccagna
45. La mummia senza nome
46. Lo strano caso del vulcano Puzzifero

TOP-SELLER
di *Geronimo Stilton*

È Natale, Stilton!
Halloween... che fifa felina!
Una tenera, tenera, tenera storia sotto la neve
Cinque minuti prima di dormire
La corsa più pazza d'America!
Buonanotte Topini!
Il Mistero degli Elfi

- Viaggio nel Tempo
- Nel Regno della Fantasia
- Il Segreto del Coraggio
- Alla Ricerca della Felicità
- Viaggio nel Tempo - 2

Il piccolo Libro della Pace
Un meraviglioso mondo per Oliver
Come diventare uno scrittore stratopico
Il piccolo Libro della Felicità
Il piccolo Libro della Natura
Non abbuffarti, Geronimo Stilton!

AUDIOLIBRI MUSICALI
di *Geronimo Stilton*

1. Per mille mozzarelle... ho vinto al Tototopo!
2. Il segreto della Famiglia Tenebrax
3. Tutta colpa di un caffè con panna
4. Il misterioso manoscritto di Nostratopus
5. Il sorriso di Monna Topisa
6. L'hai voluta la vacanza, Stilton?
7. Benvenuti a Rocca Taccagna
8. Un assurdo weekend per Geronimo
9. Un camper color formaggio
10. Halloween... che fifa felina!
11. È Natale, Stilton!

12. Ci tengo alla pelliccia, io!
13. L'amore è come il formaggio...
14. Il fantasma del metrò
15. Quattro topi nella Giungla Nera
16. Giù le zampe, faccia di fontina!
17. Il mistero del tesoro scomparso
18. Quella stratopica vacanza alla pensione Mirasorci...
19. L'isola del tesoro fantasma
20. Il mio nome è Stilton, Geronimo Stilton

BARZELLETTE
di *Geronimo Stilton*

1000 Barzellette vincenti
1000 Barzellette irresistibili
1000 Barzellette stratopiche
Il Barzellettone
Barzellette Maxi-Collection

Barzellette Super-Top Compilation 1
Barzellette Super-Top Compilation 2
Barzellette Super-Top Compilation 3
Barzellette Super-Top Compilation 4
Barzellette Super-Top Compilation 5
Barzellette Super-Top Compilation 6

LIBRI ZAINETTO
di *Geronimo Stilton*

- L'Amicizia è...
- L'Avventura è...
- L'Allegria è...
- La Scuola è...
- Natale è...
- L'Amore è...

SUPERMANUALI
di *Geronimo Stilton*

- Il grande libro delle barzellette
- Il mio primo manuale di Internet
- Il mio primo dizionario di inglese
- Il mio primo dizionario di italiano

I MISTERI DI FICCANASO SQUITT
di *Geronimo Stilton*

- Lo strano caso del Calamarone Gigante
- Lo strano caso della Torre Pagliaccia
- Lo strano caso degli Stratopici Dieci
- Lo strano caso del Sorcio Stonato
- Lo strano caso del Fantasma al Grand Hotel

AVVENTURE ESTREME
di *Geronimo Stilton*

1. Da scamorza a vero topo... in 4 giorni e mezzo!
2. Che fifa sul Kilimangiaro!
3. Te lo do io il Karate!

ALLA SCOPERTA DEL MONDO
di *Geronimo Stilton*

- Dinosauri

GRANDI STORIE
liberamente adattate
da *Geronimo Stilton*

- L'Isola del Tesoro
- Il Giro del Mondo in 80 Giorni
- La Spada nella Roccia
- Piccole donne

AVVENTURE NEL TEMPO
di *Geronimo Stilton*

- Alla scoperta dell'America

STORIE TENEBROSE
di *Tenebrosa Tenebrax*

1. Chi ha rapito Languorina?

SEGRETI & SEGRETI
di *Pissipissy Rattazz*

1. La vera storia di Geronimo Stilton
2. La vera storia della Famiglia Stilton

TEA SISTERS
di *Tea Stilton*

1. Il codice del drago
2. La montagna parlante
3. La città segreta
4. Mistero a Parigi

MONDO CONIGLIO
di *Joe Carrot*

1. La casa delle ombre
2. Un minuto a mezzanotte
3. Il mistero di Artiglio Rosso
4. La Freccia di Fuoco
5. Il mistero dei bruchi giganti

GATTI PIRATI
di *Oscar Tortuga*

- Ci mangeremo... Geronimo Stilton!
- Sei ciccia per gatti, Geronimo Stilton!

N
S
1
2
3
4
5
6
7
8
9
10
11
11
12
13
14
15
16
17
18
19
20
21
22
23
24
25
ISOLA
DELLE BALENE

L'Isola delle Balene

1. Picco del Falco
2. Osservatorio astronomico
3. Monte Franoso
4. Impianti fotovoltaici per l'energia solare
5. Piano del Caprone
6. Punta Ventosissima
7. Spiaggia delle Tartarughe
8. Spiaggia Spiaggiosa
9. College di Topford
10. Fiume Patella
11. L'Antica Scamorzeria: locanda e sede della 'Navigazione Rattica-Trasporti Marittimi'
12. Porto
13. Casa Calamaro
14. Zanzibazàr
15. Baia delle Farfalle
16. Punta della Cozza
17. Scoglio del Faro
18. Scogli del Cormorano
19. Bosco degli Usignoli
20. Villa Marea: laboratorio di biologia marina
21. Bosco dei Falchi
22. Grotta del Vento
23. Grotta della Foca
24. Faraglioni dei Gabbiani
25. Spiaggia degli Asinelli

Arrivederci
alla prossima avventura!

COLLEGE DI TOPFORD